얘들아 걱정 마라

내 인생 내가 산다

애들아 걱정 마라

내 인생 내가 산다

2024년 3월 5일 초판 1쇄 펴냄
엮은이 괴산두레학교
편집 이수미, 최낙영
펴낸이 신길순
펴낸곳 (주)도서출판 삼인
전화 02-322-1845
팩스 02-322-1846
이메일 saminbooks@naver.com
등록 1996년 9월 16일 제25100-2012-000046호
주소 (03716) 서울시 서대문구 성산로 312 북산빌딩 1층

디자인 끄레디자인
인쇄 수이북스
제책 은정

ISBN 978-89-6436-264-8 03810
값 17,000원

충북 괴산두레학교 할머니들이 쓰고 그린 인생 이야기

애들아 걱정 마라
내 인생 내가 산다

괴산두레학교 엮음

삼인

조심스럽게 문을 열고 머리 하얀 할머니 한 분이 들어오십니다.
"여그가 그 한글 갈켜주는 핵교요?"
그리고 한 분, 또 한 분…. 간판도 못 달고 현수막 하나 걸어놓고 시작한 괴산두레학교에 할머니들이 오셨습니다.

학교를 다니지 못한 것도 내 탓! 공부 못 한 것도 내 탓! 글 모르는 것도 내 탓! 그 내 탓 때문에 평생을 눈치 보고 기죽고 살아왔다며 두 손 꼭 잡고 눈물을 흘리십니다. 남부끄러우니 나 핵교 다니는 거 말하지 말아달라는 부탁을 하시는 분, 뭐이가 부끄럽냐며 난 괜찮어 하시는 분, 공부해서 하고 싶은 거 다 할 거라는 분들과 함께 시작한 한글 공부는 쉽게 진도가 나가지 않습니다. 좀 아는 것 같다가도 다 까먹는다며 한 귀로 들어가서 한 귀로 빠져나가니 어쩌면 좋으냐며 서로 한숨을 쉽니다. 다시 서로 다독여 가며 한 자, 한 자를 배워나갑니다.

할머니들이 시를 쓰려면 함께 이야기를 풀어내는 시간이 필요합니다. 기뻤던 감정, 슬펐던 감정을 서로 나누면서 마음속 맺힌 이야기에는 같이 가슴 치며 맘껏 꺼내 풀어야 하는 시간이 필요합니다. 듣는 연습도 필요합니다. 다른 사람이 이야기할 때 뭐라고 안 하기로 약속을 합니다.

그렇게 말하기와 듣기를 충분히 한 후에 나온 이야기들을 정리하면서 시를 씁니다. 평생을 살아오면서 가슴 깊이 담아두었던 이야기, 곪기도 하고 삭기도 한 이야기들이 발효되는 긴 시간이 필요합니다.

그렇게 쓰인 시와 그림은 다릅니다. 살냄새, 흙냄새, 바람 냄새, 풀 냄새 등 자연의 냄새가 납니다. 그림에는 아이들이 보입니다. 할머니가 보입니다. 시를 보고 있으면 어머니가 생각난다는 분이 계십니다. 돌아가신 누이가 생각난다는 분도 계십니다. 그냥 눈물이 흘렀다는 분도 계십니다. 어머님들하고 살아온 이야기를 하며 웃고 울며 쓴 시에 무언가가 있나 봅니다. 글을 모르고 살아오신 분들은 몸과 마음으로 기억합니다. 어머님들의 꽃 그림에는 뿌리가 그대로 드러나 있기도 합니다. 얼굴에 팔이 붙어 있기도 합니다. 벌과 나비의 색은 형형색색입니다. 소는 등이 굽고 다리가 휘어 있습니다. 눈과 마음으로 보고 느낀 것들이 손끝에서 저절로 그림이 됩니다.

글을 모르고 평생 살아오신 분들의 속내를 저는 다 알 수 없습니다. 다만 그 삶이 어떠했을지 짐작만 할 뿐입니다. 특별한 시대를 견디셨고 지금의 특별한 시기에 공부를 하시는 분들에게서 나오는 독특하고 독창적인 말이 글이 되어 그 무언가가 되는 것은 아닐까 하는 생각을 해봅니다.

괴산두레학교에 다니는 어머님들이 쓴 시와 그린 그림을 매년 달력에 담아 지역에 나누었습니다. 후원도 받고 자랑도 하면서 5년을 보내니 후원금이 제법 쌓였습니다. 그 후원금으로 제주도 수학여행도 다녀왔습니다. 어찌나 설레고 신나 하시는지… 그 추억을 간직한 채 5년이 지났습니다. 그사이 코로나로 여행도 못 다니고 힘든 시기를 보냈습니다. 한 분씩 저희 곁을 떠나시기도 했습니다. 가슴에 묻고 기억으로 남은 분들도 계십니다. 그분들과 함께했던 시간과 시화를 놓고 책을 내야 하나 하는 고민이 생겼습니다. 이렇게 책으로 내기까지 많은 고민이 있었습니다. 무엇을 위해 책을 내야 하는지, 우리에게는 어떤 의미이며 어머님들에게는 또 어떤 영향을 줄지에 대한 여러 생각으로 많은 시간을 보냈습니다. 작년에 돌아가신 한 어머님의 말씀이 생각납니다. "나는 이제 가도 여한이 없어. 하고 싶은 거 다 했고, 해야 할 거 다 해 놔서 암치도 않아." 하셨습니다. 죽음을 앞두고도 그분은 웃으며 그동안 고마웠다고 하셨습니다.

잘 살다 가기 위해 지금까지 온 게 아닌가 싶습니다. "잘 살아왔다 생각하고 여한이 없다." 말씀하시는 분들과 나눈 이야기를 전해드리고자 합니다. 물론 거창하고 멋진 이야기는 아닐 것입니다. 그저 있는 그대로, 느낀 그대로의 이야기를 글로 담아내는 순박한 할머니들의 입말을 더 많은 이들과 함께 나누고 싶습니다.

2024년 2월
괴산두레학교 교장 김언수

공부 농사 재미있네

그것도 좋은 추억이었어

나도 한때는 날렸었지

지금은 만사 오케이!

공부 농사
재미있네

로료브비
글자가 비료지

안대순

안대순 할머니는 올해 78세이다. 괴산군 감물면에서 태어나 열아홉 나이에 불정면으로 시집을 왔다. 슬하에 2남 1녀를 두었다. 손자가 넷인데 애교 많은 손녀가 없어서 아쉽다.
어머니를 이른 나이에 여의고 일찍 시집을 오게 되었는데 군인이었던 신랑은 휴가를 받아 결혼식을 치르고 3일 만에 부대로 복귀했다. 그렇게 시부모에 시동생, 시누 둘까지 모셔야 했는데 힘들고 외로웠던 기억밖에는 없다고 한다.
지금도 즐거운 일이 없지만 그래도 잠깐 한글 공부를 했던 게 기억에 남아 있다. 하지만 이제는 몸이 너무 아파 만사가 귀찮기만 하다. 공부도 그림 그리는 것도 다 싫다고 한다.

ㄱ ㄴ ㄷ

안 대 순

ㄱ ㄴ ㄷ
ㅑ ㅕ ㅓ ㅕ
처음 보는 글자
가 갸 거 겨

가 지

고구 마

글 자 겨우 아니
하 하 호 호
로 료 브 비
글 자 가 비료 지

재미지지만
알지를 못하니 속이 터진다

장희남

장희남 할머니는 자신의 이름 석 자를 간신히 쓰는 정도였
지만 두레학교에서 공부하며 한 글자 한 글자 알아가는 재
미에 푹 빠져 있다. 마음은 거침없이 책을 읽고 싶지만 그렇게 되지
않아서 한숨을 쉬면서도 열심히 글을 배우는 중이다.
자녀들이 모두 사업으로 성공하여 부족함 없이 살고 있어 주위 사람
들에게 한턱을 내기도 하는데, 공부가 모자라는 자신을 같은 반 친구
로 대해주니 고마워서라고 한다.

공 부

장 희 남

공 부

재 미 이 지 지 만

알 딜 모 태

소 기 티 진 다

몰러, 선생님이 써주면
알아서 베끼지 뭐…

전연자

　　　　　전연자 할머니는 강원도 철원이 고향인데 괴산으로 시집와서
　　　　　살고 있다. 처음에는 아는 사람이 없어 외롭고 무서웠지만 이
제는 '내 고향이다' 생각하면서 살고 있다.
이웃의 권유로 두레학교를 다녔다. 살고 있는 마을이 오지라서 행복택시
를 타고 가서 공부했다고 한다. 빨간 옷 입고 소풍 가서 사진도 찍고….
정말 재미있었는데 눈이 안 좋아져서 이제는 다닐 수 없게 되었다고 한
다. 병원에서 책도 읽지 말고 글씨도 쓰지 말라고 했기 때문이다. 지금도
집에서 학교 다니던 때를 떠올리면 즐거웠던 추억이 가득하다.

나시 쓰는 거

전연자

뭐이라고 쓸지 생각이 안나

하나도 안나

그기 글씨라고 뭐라고 써
생각이 안나는다

어떻게 써
선생님이 알아서 써

갑자기 쓰라니 뭐이 생각이 나
써주면 알아서 빼끼지 뭐

19

책을 보다가 안 되니까
훅 집어 던지기도 하지

유효숙

유효숙 할머니는 1940년 충북 청원에서 태어나 열아홉 살에 결혼하여 2남 4녀를 두었다. 일만 하면서 살아왔지만 공부를 하는 것이 소원이었다고 한다. 그래서 두레학교에서 공부를 하게 되었다. 하지만 생각처럼 쉽지 않아 속상한 적도 많았다고 한다. 그래도 열심히 읽고 쓸 생각이다.

나 는

유효숙

공부를 하니까
한글자 한글자 알아가니
좋 기는한테 아직은 모르는게 마아
안보끄 슬슬 알아야 되는테)
그러치도 못하끄
책을 보다가 안되니까
훅 집어 띤지기도 하지
머리가 박아가 돼서
누구한테 물어 보지도 못하끄
어느때 알아서 확확 익기나할가
글을 익을줄 알아야익끄 웃기도 하끄
그럴텐 데
지금은 너무 답답하네
내년에는 더 잘 익게 되겠지

더 좋은 일이 많은데
표현을 못 하겠네

송선옥

송선옥 할머니는 자신을 드러내는 것을 좋아하지 않는다. 늘 참으면서 힘들게 살아왔다고 말할 뿐이다. 슬하에 아들 하나, 딸 하나를 두었다. 모두 잘 성장하여 좋은 회사에 잘 다니고 있어 별다른 걱정거리가 없을 듯한데도 늘 조심스럽다. 음식도 잘하고 남들도 잘 챙기면서도 언제나 뒤로 물러서 있을 때가 많다. 마음 놓고 공부만 하고 싶다고 하지만 늘 바깥일 때문에 바쁘다.

공부

시인 송선옥

생각이 없다
모르겠다
너무 생각이 안나다
너무 속상 하다
선생님 한 테
너무 제송 하다
두레 학교에 와서
선생님도 만나고
조은 형님도 만나서
행복 하다

더조은 일이 만은데
표현을 못 하게다
다음에 다 써야지

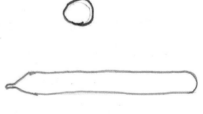

딸은 학교 보내면
못쓴다고 그랬어

김점식

김점식 할머니는 1938년 괴산 장연에서 맏딸로 태어났다. 밑으로 남동생만 다섯이어서 아버지가 동백기름으로 머리를 빗겨줄 정도로 특별히 귀하게 자랐다고 했다. 그런데 애지중지하던 딸에게 아버지가 매를 들어 집 밖으로 쫓아낸 일이 있었다. 이웃 마을에 새로 생긴 학교에 갔다 왔다는 이유 때문이었다. 이후 학교 근처도 갈 수 없었던 그는 글자를 배우지 못해 분하고 억울했다고 한다. 스무 살에 이모의 소개로 결혼, 힘든 시집살이로 고생이 많았지만 슬하의 3남 1녀를 모두 학교에 잘 보냈다고 흐뭇해한다.

하두 공부

김점식

장연면 오갈기 공민학교
하루 갔다 오고 못 갔어
딸은 학끄 보내면 못쓴다끄
못가게 했어

우리 아버진
산에 가서 동백 따다 기름짜서
머리에 발라주고
이쁘게 윗당머리 따가즈고
머리 꼬랭이 빨깐 댕기 해줬어

학끄 가니까
단발머리로 잘랐어
좋아서 집으로 뛰어왔는메
아버지가 방에도 못 들어오게하고
마당빗자루로 막 때리믜 했어

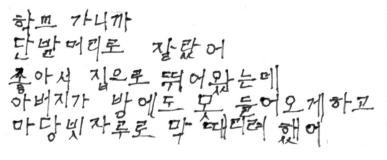

안 그러다 그러니
얼마나 서러워
지금도 아버지 산소에는 안 가
글을 모른나
내가 답답해 죽겠잖어

머리에 안 들어가도
공부 농사는 재미있는 것

최익순

최익순 할머니는 시력이 너무 안 좋아져서 계단을 오르내리는 것도 힘들어한다. 그런데도 학교에 나와 글자를 쓰고 있다니 참으로 신기한 일이 아닐 수 없다. 요양보호사의 도움을 받아 다니고 있다고 해도 말이다.

뭐든지 남에게 조용히 양보하며 지금보다 건강하게 학교를 다녔는데 건강이 나빠져서 안타깝다. 올해 새로 집을 지어 깨끗하고 아담한 집에서 살고 있다.

나는 오늘

최우순

고구마 캐던거 주서 담아야 하는데

들깨 털면 것도 다 툭거려야 하는데
선생님 오는 시간이 다 대서
더 퍼노코 왔다
공부 농사 하는게 재미있다
머리어 안들어 가도
읽고 쓰고 하다 보면 재미 난다
공부 농사는 안보일 때 까기
해야 한다

돈 들어올 데가 없다
큰딸아 용돈 좀 올려주라

전영순

전영순 할머니는 지금 다리가 아파서 잘 걷지를 못한다. 그래서 이제는 학교에 가지 못하게 되었다. 지금은 딸과 한집에서 아웅다웅하며 같이 살고 있는데 두레학교를 떠올리면 즐거운 추억이 많다. 공부하면서 사람들하고 얘기도 많이 하고 소풍도 가고 재미있는 일들만 있었던 것 같다. 학교를 졸업하는 게 소원이라고 했더니 졸업식 때 사각모자와 가운을 가져와 입혀주었던 선생님들을 잊기는 어려울 듯하다. 생각해 보면 원 없이 재미있게 다녔다. 그리고 함께 공부했던 친구들은 지금 어떻게 지내고 있는지 궁금하다고 한다.

행복한 날

전영순

문구점에 들어가서
공책을 살때는

부끄럽다

공책을 사가지고

나올 때는

행복합니다.

애들아

전영순

가을이 되니 마음이 심난하다.
날른 추워지고 돈은쓸 대가 많은대
돈들어올 때는 없다.
날은 춥고 걱정 이다.
큰딸 은주야 용돈 좀올려주라.
둘째딸 셋째딸 기다리깨.
딸들아 사랑한다

숙제 가르쳐 달라고 할 때
글을 몰라 미안했다

우춘월

우춘월 할머니는 경상도 상주에서 태어났다. 여섯 살 때 어머니를 여의고 여덟 살에 괴산으로 이사를 왔다. 열일곱 살에 결혼해 3남 3녀를 두었다. 결혼을 하고 나서 3년 만에 첫 아들을 낳았을 때 시어머니가 엄청 좋아했던 기억이 지금도 생생하다.

예쁜 것을 좋아하고 조용히 있는 것을 좋아한다는 할머니는 농사도 잘 짓는다고 한다. 살면서 고생도 많았지만 장남이 결혼해서 큰며느리를 보게 되었을 때 그렇게 좋았다고 한다.

이제는 자녀들이 모두 결혼했으니 각자 알아서 잘 살기만 바랄 뿐이다.

나의 아들 딸들아

우춘월

너내 학교 갔다와서
숙제 가르쳐달라고 할때
못해 줘서 많이 미안 했다
그 때 생각하면 엄마는 눈물이 난다

내 나이 팔십에 공부를 시작했지

이 나마 배우니 농협서 쓰라고 하면
쓸 수 있으니 보람도 있다
아들딸들아

지금까지 살아 온 것처럼 열심히 살
아줬으면 좋겠다
엄마도 공부 열심히 하면서 살게

여덟 살 때 머슴살이 가서
논 갈고 밭 갈고

장성상

　　　장성상 할아버지는 1955년 대전에서 태어나 지금은 괴
산군에 살고 있다. 집에는 문을 지키는 진돗개 한 마리, 현관문 앞에
고양이 네 마리, 텃밭 옆 우리에 염소가 두 마리, 닭장에는 닭이 여섯
마리가 있어 돌봐야 할 식구들이 많다.
가난한 집의 장남인 그는 어려서부터 남의 집 머슴 일을 하며 살았다.
이후 광산에서 일하고 벌목 일도 하면서 살다 보니 서른다섯 살이 되
어서야 결혼을 하게 되었다. 그렇게 늦게 얻은 외동딸이 대학원에 진
학했을 때 기쁘고 자랑스러웠다고 한다.

4어덟살 때

장성상

머슴살이 가서
논갈고 밭 갈고
잘 못한다 종아리 때리면
따끔따끔해서 속으로눈물이 줄줄
가 방메고학교가는거보면
따라가고싶었다

지금도학교가고싶다
공부해서좋다

34

봄에는기분이 나유

장성상

봄바람이살랑살랑 불어주니까
기분이 좋터라구유
봄이오면 아침해에땅이녹아서
김이 올라오면 흙냄새가풍겨유
일하기좋지유 이상하게 기분이 나유
겨울에 웅크렸던제퍼져서그런지
기분이나서 나도 모르게흥흥노래하며
일을해유 진달래개나리할미꽃도이쁘고
노란색빨간색보기좋고
벗꽃이좋지유

째자발째자발 새가 운다,
혼자 외로울까 봐

지분화

지분화 할머니는 괴산 불정면에서 아들과 함께 살고 있다.
복숭아 과수원 한가운데 높은 곳에 집을 지었다. 봄이면 찾아와 노래
하는 온갖 새들을 어김없이 찾아오는 자식이라고 하면서 해마다 봄
을 기다린다. 지금처럼 아프지 않고 살면서 그저 자손들이 무탈한 게
소원이라고 한다.

봄 손님

지분화~

복숭아 꽃이 피면
새가 와서 운다
날만 새면
째자발 째자발

혼자 외로울 까봐
아들 처럼 놀다 간다
안 들던 새소리가 들리면
야들인가 하고 내다 본다

가을 용돈인데
올해는 개코도 못 했으니

김월순

　　　　　김월순 할머니는 1950년에 태어나 괴산군에서 농사를 짓고 있다.

여덟 살에 좋은 학교에 보내주겠다는 친척을 따라갔다가 남의 집 허드렛일을 하며 살았다. 5년 후 집으로 돌아온 그는 집안 살림을 하며 미용 기술을 배웠다. 시골 마을을 다니며 출장 미용사로 일하면서 미용 자격증을 취득하려 했으나 글을 몰라 뜻을 이루지 못하고 옆 마을 농부와 결혼을 했다. 남편과 사귈 당시 연애편지를 주고받았지만 친구가 읽고 답장도 대신 써주었다고 한다. 슬하에 3남매를 두고 있다.

단 오 날

김 월 순

동네마다 시끌시끌
옛날에는 단오날 비가 많이 왔지
그네 탈라고 비 안오길 빌었다
새끼 꽈 서 느티나무에
굵은 동아줄 매고
하늘처럼 그네를 뛰었다
말총 머리에
궁기이파리 뜯어 꽂고
친구하고 쌍그네도 탔다
그 때같이 재미있는 게
안 돌아온다

송이 버섯

김 월순

가고 싶을 때 가면 쌍이따고

송이 따면 기분이 진짜 좋아

네시에 일어나서 밥하면 다섯시

여섯시 면 큰산에 가서 송이 따면

가을 용돈 인데

올개는 개코도 못 했으니

땔감도 못 하겠어

하매 사람이 늙으니

버섯도 못 따네

에유 올개는 핫일이네

아들도 좋지만
용돈 잘 주는 며느리는 더 좋아

박점순

박점순 할머니는 괴산읍 수진리에 살고 있다.
쭉 거기서 살았는데 다른 사람들과 같이 모여 다니는 걸 좋아하지 않
아 학교도 안 다니려고 했는데 주위에서 하도 권해서 다니게 되었다.
할아버지 역시 어디 다니는 걸 좋아하지 않는다고 한다. 사람들이 두
내외를 조용한 사람들이라고 하는 걸 좋게 받아들인다. 이제는 다리
가 아파 학교에 가지 못하지만, 학교에 다니면서 같이 웃고 소풍 갔던
때도 즐거웠고 그림도 그리고 같이 얘기를 나누던 생각을 하면 재미
있는 일이었다고 생각하고 있다. 그리고 달력에 자신의 시가 실려 더
기분 좋았다고 말한다.

좋아

박 점순

꽃을 보니
꽃씨 날리니
바람 부니 좋아
돈을 열심히 버는 아들이 좋아
용돈 잘 주는 며느리는 더 좋아
내 마음 살 펴주는 딸이 좋아
50년 함께 산 서방님도 좋아

안방 창문 열고
보고 또 보고 싶어요

김태선

김태선 할머니는 경상도에서 태어나 괴산으로 시집을 왔다. 고생도 많았지만 남편의 불같은 성격 때문에 힘들게 살아오다가 두레학교에 나와 공부하는 게 정말 행복했다고 한다. 옷도 차려입고 다른 이들과 살아온 이야기를 나누면서 나 혼자만 힘들게 사는 게 아니었구나 하는 생각을 했다고 한다. 이제는 청주에 살게 되어 학교에 가지 못하게 되어 아쉽다고 한다. 김태선 할머니는 그림 수업 때 젊은 선생님들에게서 칭찬을 받았던 일이 정말 좋은 기억으로 남아 있다. 못한다는 소리만 듣고 살다가 그 소리를 들으니 정말 좋았다고 한다.

우리집 텃밭 상추가

김태선

파릇 파릇 상추가
싱그러운 미소로
나를 반겨주면
안방 창문열고
보고또 보고 싶어 저봐요

텃밭에 있는 배추,
요새는 먹을 사람도 없다

박석순

 박석순 할머니는 괴산군 사리면 둔기마을에 살고
있다. 부잣집에 시집와서 부유하게 살다가 집안이
망했다고 말을 하면서도 마음은 넉넉하다. 혼자 살지만 딱히 걱정거
리는 없다. 자식들이 잘해주기 때문에 더 바랄 것도 없다고 한다. 성격
이 좋아서 남들의 이야기를 잘 듣는다. 공공근로를 하면서도 숙제를
빼먹지 않고 열심히 공부 중이다.

우리 배차

박석순

우리집 마당에 배차가 너모이뻐다
문만 열면 보인다
앤날에는 넓어나지 안안는대
요새는 머굴사람도업다
그래도 게혼자 잘크는개
그거보는 재미어 쏜다

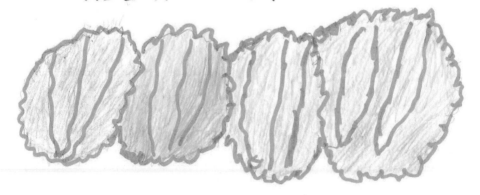

너만 먹고 사니?
나도 먹고 살아야지!

송정자

송정자 할머니는 1941년에 태어났다. 시집와서 단 하루
도 마음 편히 쉰 적 없이 일만 하고 살았다고 한다. 지난 세월을 생각
하면 눈물이 나는데, 무엇보다 학교를 다니지 못해 무식한 사람 취급
받아온 것이 너무 서러웠다고 한다.

그래서 두레학교를 다니면서 글을 배우고 그림도 그릴 수 있어 행복
하다. 평생 공부만 하고 살고 싶은 마음이라고 한다. 세 번 만에 초등
학교 검정고시에 합격했을 때는 세상을 다 얻은 기분이었다고 한다.
이제는 중학교 검정고시 공부도 다시 시작하고 싶고 영어 공부도 하
고 싶은데 자꾸 몸이 아파서 걱정이다.

얄미운 노루

송 정자

콩밭에 노루 떠러온다

노루야 콩잎 뜯어 먹지마라

콩 안 달린다

너만 먹고사니

나도 먹고 살아야지

여름 방학

송정다

여름 방학 동안 고추따느라고
구설 같은 땀은 이마에서 뚝뚝
떨어지고 숨이 막힐 정도 힘들고
짜증 났지만 그래도 빨갛게 익는
고추을 보며 우리 가족들이 배추
김장 담이 맛있게 먹을 생각하니
땀 흘린 보람이 됐네 올 방학은
땀 흘이다 훌쩍 가버렸군요

고추 따다 널었더니
비가 많이 내려 다 상했네

박옥희

 박옥희 할머니는 괴산에서 나고 괴산에서 결혼
해 지금까지 괴산에 살고 있다. 조용한 성격의 그
는 얌전히 살다가 시집을 갔노라고 했다. 괴산 읍내에 형제들도 다 모
여 살기 때문에 서로 잘 챙기고 함께 모여서 음식을 나누기도 하고
있다. 애를 낳아도 서로 챙겨주어 기를 때도 역시 그랬다고 한다. 신랑
이 참 좋은 사람이어서 험한 고생은 하지 않았다. 하지만 글을 알지
못해 답답했는데 두레학교에서 글을 배우게 되어 좋았다고 한다. 이
제는 양지, 사태, 취나물, 시금치라는 글자를 써넣을 수 있어 음식 재
료를 빨리 찾을 수 있어 아주 좋다고 한다.
부부가 마당에 꽃을 심고 가꾸는 걸 좋아해서 예쁜 꽃을 보며 차를
한잔 같이할 때가 참 행복하다고 말한다.

마음이 바빠

가을대니 마음이 바쁘다

고추따다 밀가루 무쳐서 널었더니

비가 많이 녀려 다 상했네

못 쓰게 돼 속상해

고추 다시 따다

물에 담궈놨다

날이 조와야 해지

담배 농사라는 게
여간해서는 어려워

안임이

안임이 할머니는 평생을 산골에서 논농사, 밭농사, 담배 농사를 지으며 살아왔다. 몸을 아끼지 않고 일해온 만큼 이제는 여기저기 아픈 곳이 많지만 일을 하면서도 공부 생각이 난다고 한다. 학교에 나와 공부할 때는 재미있는 이야기로 수업 분위기를 쉽고 편하게 만드는 안임이 할머니는 부끄러움 없이 자신의 이야기를 글로도 잘 풀어낸다.

아들과 손자와 함께 살고 있는데, 심장이 좋지 않은 아들의 수술비가 비싸서 걱정이라고 한다.

하늘 담배

올해 담배
　서리 와서 얼어 죽고

　　안임이

간신히 살려 놨더니
여름비가 하도 와서
새이 안 나다 썩고
팔아도 돈 몇 푼 안 되고
농사라는 게 여러 가지 해서 어려워
하늘이 매기지
한 사람만 잘 하믄 소용없어
세상 사람 다 마음을 잘 써야지
나라가 편안 해야
　농사도 잘 되고
　백성도 편안 하지

하느님이 하시는
일이니

김명순

 김명순 할머니는 1935년 대구에서 태어나 외가에서 자랐다. 10대 이후에는 이모를 따라 서울에서 살았다. 정치 운동을 하던 남편과는 23년의 나이 차가 있었지만 따뜻하고 친절한 성품에 반해 어려움을 무릅쓰고 사랑의 도피를 감행했다. 결혼하여 2남 1녀를 두었는데 남편의 빚보증이 잘못되어 홀랑 망했다고 한다.
 이후 건설 현장 함바집 등을 해가며 어렵게 자식들을 키웠는데 괴산에 와서 연립주택을 사게 되었을 때 참 행복했다고 한다. 남편과 사별후 자식들만 보고 살았다는 그는 음식도 잘하지만 노래도 잘한다고자부한다. 일가친척이 없어 외로울 때가 많다.

누가마글수있나

김명순

여름이 되면 항상 비가많이 오고

번개치면서 쏘나기가 마이오면 들판에는
모든 곡물들도 좋치않고 농민들도 힘이든다
그래서 항상 때를 맞춰서 비가 내리면
좋캤지만 하느님이 하시는일이니 누가 마글수있나

노루 복순아,
복남이한테 시집갈래?

한복희

한복희 할머니는 1937년 경기도 구리에서 태어나 연애결혼을 했다. 슬하에 1녀를 두고 있다.

스무 살에 동네에서 만난 군인과 첫눈에 호감을 느껴 야반도주, 대구에서 결혼을 했다. 중매결혼이 일상이었던 당시에 파격적으로 연애결혼을 했지만 결혼 생활은 순탄치 않았다. 온갖 고생을 다 했다는 생각이다. 결혼 내내 속을 썩였던 남편이 임종 전에야 미안하다는 말을 했을 때 펑펑 울고 나서야 그간의 서운한 감정이 눈 녹듯 사라졌다고 한다. 애지중지 키운 외동딸이 간호사가 되어 결혼을 하고 잘 살고 있으니 이제는 큰 걱정도 없고 아쉬움도 없다고 한다.

내 딸 복순이

한복희

웅덩이에 빠진 노루
복남이 따라 집에 왔다

여름에는 세똥먹이고
겨울에는 사과 먹이고

이제는 시집 보내야지
복순아 멍멍이 복남이 한태

시집 갈래

에이 이년 또똥 잔뜩 쌌배

시집은 무슨

제목 봄

HAN BOK HUI

봄은   YELLOW

진달래는   RED

귤은   ORANGE

가울은   RED

겨울은   BLACK

내 마음은   BLUE

들깨는 새가,
땅콩은 두더지가…

강옥심

강옥심 할머니는 자신의 생년월일을 잘 모른다. 여기저기 떠돌아다니며 살다가 괴산까지 와서 살게 되었다고 한다. 성격이 괄괄하고 목소리가 큰 편이다. 현재 아파트에서 생활하고 있는데 바깥에 조그마한 땅이라도 있으면 이것저것 채소들을 심는다.

십여 년 전 사진 수업 때는 연애하는 사진을 찍고 싶다고 했는데 동네의 멋진 할아버지와 팔짱을 끼고 데이트하는 사진을 찍었다. 소원이 이루어졌다며 마음이 설레고 심장이 쿵쿵 뛰더라며 그때 참 좋았다고 말씀하신다. 지금 바라는 게 있다면 그저 아프지 않고 사는 것뿐이다.

안시물거다

강 욱 심

들깨를 좀 심었는데 새가 다 까먹고
비서 떨어보니 아무것도 안나오고
너무 허무 하드라   땅콩도 심어두어
두더지가 다 파먹고 나는 괭생 하고
심은것을 두저거다 따먹고 허무 하드라
내년에는 안시물거다

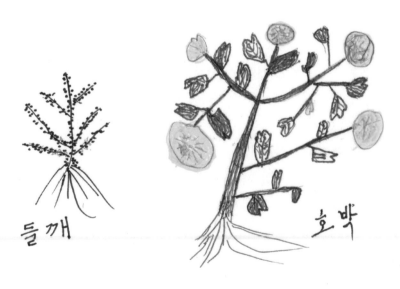

들깨   호박

아이고 아파라

강옥심

아이고, 아파라

아이고, 엉치가 아파   걷기가 힘들다
아이고, 팔다리에   힘이   하나도 없어요
아이고 손가락도   뻑뻑 돌아가고
    아이고 머리도   희미하고 목도
흔들 흔들   아이고 빈껍데기만 남았네
아이고   팔 십년을   써먹었으니
고장난 안났게어   아이고   이제
하늘이   부르면 가야지
    아이고   그동안   말없이   고생 많았다
이이고   애썼다

소 키우는 일이 힘들었지만
그 덕에 살았지

정정인

정정인 할머니는 서울에서 살다가 공기 좋은 곳을 찾아서 괴산까지 오게 되었다. 그전에는 시골에서 소도 키우고 농사도 지었지만 그걸로 아이들을 키우기 어려워 서울로 올라갔다고 한다. 서울에서는 힘든 일만 하고 살았는데 배우지 못해서 그랬다는 생각이다.

괴산에 살면서 공부를 할 수 있는 데가 있다는 이야기를 듣고 두레학교를 다니게 되었다고 한다. 1년만 공부하면 되겠지 하고 생각했지만 마음대로 되지는 않았다. 이제는 아픈 남편이 집에 있어 학교에 가지 못하지만 그때 참 재미있게 공부했다는 생각이다.

한 우

정정인

힘들은 생각 뿐이지
똥치우고 멕이고 새끼 낳고
힘들 었지

근 데 소 팔 아서
애들 키우고 학교 보내고
차도 샀 어

사는 데 도움이 많이 되었지
팔고 나서 서운하고 그래
소가 살림에 반 재산이 없지

63

장대비 말고
보슬비 내려주면 안 될까요

김복순

김복순 할머니는 자신을 학교에 보내지 않고 가르칠 생각도 하지 않았던 부모님을 지금까지 원망한다고 했다. 아내가 글을 모른다는 것을 몰랐던 신랑은 나중에 알고 나서 많이 힘들어했는데 그럼에도 김복순 할머니를 잘 챙겨주었다고 한다. 그동안 많은 고생을 하면서도 자식들 공부 뒷바라지를 했는데 아들이 좋은 대학에 입학했을 때, 나 같은 사람도 아들을 대학 보낼 수 있구나 하는 생각에 펑펑 울었다고도 했다.

3년 전, 그는 자식들이 결혼하고 남편이 정년퇴직한 후에야 괴산으로 내려와 열심히 공부를 하고 있다. 이제는 읽고 쓰게 되면서 가슴에 맺혔던 응어리가 조금은 풀리는 듯하다. 지금도 자신의 공부 뒷바라지를 해주는 남편이 그저 고맙기만 하다.

장맛비

김복순

올해는 비가 너무도 않와서 걱정을 해는데
이제는 장마철이다
비야 비야 장대비야
친둥 번개 치면서 쏟아지는 하늘을 보니
산도 들판도 안개에 하얗게 끼어서
하늘도 들판도 똑같이 보인다
하나님 장대 비가 아니
보슬비 내려주시면 안되나요
고추 깨 모든 자물이 장대비에 끊어지고 쓸어져서
내 가슴 까맣게 타들어가고
이제는 비야 장대비야
그만오면 않 되겠니

나무처럼 살고싶다

김복순

우리집 뒷산에 올라가서 제일 정상에
앉아 들판을 본다
산에는 나무들이 파랗게 바람 따라
이리 저리 흔들리며 춤을 추고 서 있다
나도 저 나무처럼 살고싶다
그래서 나는 나무처럼 살려고 노력하고
산다
우리 남편이 나무처럼 흔들리지 않고
제자리에 있다

1000원 주섯지

모 하 까   진달래

하 드 사 먹 지

모ㅂ까

손주과자   사주지

모하기까

깜싸먹지 사탕싸먹지
3 00원 보태서
막걸고사먹지

그것도 좋은
추억이었어

막걸리 심부름도,
나뭇짐 이던 것도 좋았었네

강금자

 강금자 할머니는 1958년 경기도 강화에서 태어났다. 스무 살에 결혼하여 2남 1녀를 두었다.

여섯 살 때 어머니가 돌아가신 후 새어머니의 핍박을 견디다 못해 열다섯 살에 집에서 나와 서울로 올라가 애를 봐주는 일을 했다. 5년 후 고향집으로 돌아갔으나 계속되는 새어머니의 핍박으로 다시 서울로 올라와 공장에서 일을 했다.

어디서든 일을 잘한다는 말을 많이 들었다는 그는 할머니가 된 지금이 제일 속 편하게 살고 있는 것 같다고 한다. 큰아들이 고등학교에 입학할 때 가슴이 꽉 차오르는 것 같은 느낌을 잊을 수 없다. 계속 공부해서 책을 술술 읽게 되는 것이 소원이다.

나의 꿈

강금자

나는 꿈을 꿔보지도 못하고 살았다.
이제야 꿈을 꿀수 있을 것 같다.

나의 꿈은 공부를 하는 것이다.
공부를 하면 할수록 나는 행복해진다.

공부를 하면 하나 하나 알아가니까
행복하다.

나의 꿈은 내 몸이 허락할때 까지
공부를 하는 것이다.

그것도 좋은 추억이었지

강금자

금자야 막걸려 받어와
막걸리 한 되 5원
5원 들고 먹걸리 심부름
그것도 나에게는 좋은 추억
머리에 나뭇짐 이고 나무하던것
그것도 나에게는 좋은 추억

내돈

강금자

고구마   콩

오이

부로코리

들깨

사라대

배추

호박

고추   벼

어르신 태워드릴 때가
제일 기분이 좋아

김경환

김경환 할아버지는 1956년생으로 1976년에 운전면허를 취득했다. 글을 몰랐는데도 여럿이 모여 눈치껏 시험을 봤기 때문에 시험에 합격할 수 있었다고 한다. 서울에서 30여 년 택시 운전사로 일하다가 이제는 형제가 있는 괴산에 내려와 살고 있다.

한글 공부를 열심히 하고 있는데 생각보다 공부가 더딘 것 같아 답답하다. 그래도 꾸준히 더 열심히 할 생각이다.

나는 서울 택시기사

나는 서울토박이
서울에서 택시기사 30년
오래 일을 해서
좋은 일 안 좋은 일
많이 있었지

김경환

남들이 안 태우려고 하는
어르신 태워드릴 때가
기분이 좋고 가장 생각나

봄이 되어
남편도 새로 돋아나면 좋겠다

구정희

　　　　　　　　구정희 할머니는 1939년생으로 85세, 서울이 고향이다.
　　　　　마포에 살면서 공장을 다녔다. 당시 예쁘다며 남자들이 따
랐지만 눈이 높아 거들떠보지도 않았다고 한다.
너무 가난하게 살았다. 아버지가 돌아가실 것 같다는 소식을 듣고 주
위 사람들에게 어렵게 차비를 빌려 간신히 집으로 갈 수 있었지만 이
미 아버지가 돌아가신 후였다고 한다. 그 일은 지금까지 깊은 마음의
상처로 남아 있다.
스물두 살에 결혼하여 2남 3녀를 두었는데 아들이 대학교수이고 딸
이 사장님이고 다른 딸은 농협에 다니면서 자신을 챙겨주고 있다며
뿌듯해하신다.

대추를 어쩌나

구정희

대추를 못 떠러
어떻게 해야 되나
내가 주인인데
떠를 힘은 없고
오다 가다 따 먹는 사람이
주인이지
따기는 따야 하는 테

오며 가며 보면 걱정이네
에이 그냥 다 내줘버려야겠다

아부지 환갑

구정희

우리아부지 환갑

돼지두 마리 잡고
우리 올케가 엄청 많이 장만했어

환갑 잘 했지 진짜 크게 했어

내가 해가지고 간게 업서서

맘이 안좋았어

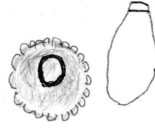

읍시살아서 못했어

지금 갚으면
갚나가는 걸루 좋은 거사드리고 싶어
그러면 내 맘이 좀 나아질텐데

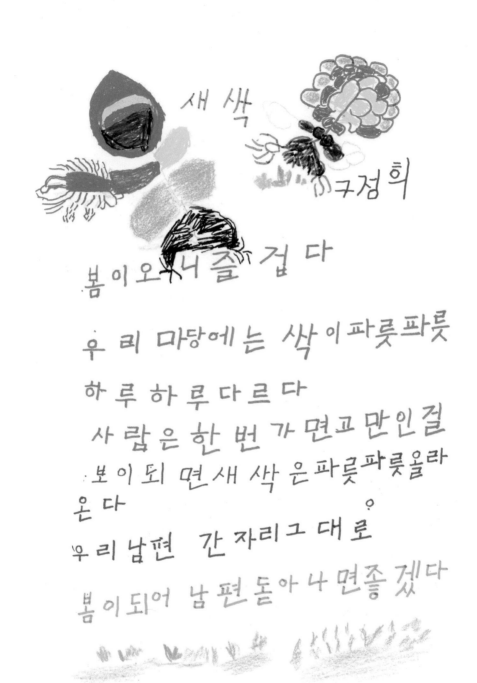

새 싹

구정희

봄이 오니 즐겁다

우리 마당에는 싹이 파릇파릇

하루하루 다르다
사람은 한번 가면고 만인걸
보이되면 새 싹은 파릇파릇 올라
온다
우리 남편 간 자리 그대로

봄이 되어 남편 돌아나면 좋겠다

그냥 훌훌 떠나고 싶네
여기서 확 내빼고 싶네

정검례

  정검례 할머니는 1940년 전라남도 완도에서 태어나 스
물세 살에 결혼하여 3남 4녀를 두었다.

23세 때, 충청도에서는 남자만 일하고 여자는 일을 안 한다는 말을
믿고 친구 둘과 같이 중매쟁이를 따라 괴산으로 왔다. 그리고 연풍 사
는 남자와 결혼했다. 아무것도 없는 집에 시집와서 나물 뜯어 팔아 농
도 사고 그릇도 사고 하면서 혼자 힘으로 살림살이를 마련했다. 아이
들을 낳고 나서 새끼들만은 굶기지 않으려고 뭐든지 고무 다라이를
머리에 이고 나가 행상을 했다고 한다. 갖은 고생을 해가며 일곱 남매
를 키웠는데, 자식들의 연락이 뜸해서 속상하다.

나사는거

정검례

아모것도없는집에와서

칠남매른내가품퓨ㄴ이해서

가리키고믹여살렸다

밭으로갔다산으로걌다

개울에서올갱이좁고꼼팜얼사았다

재미도없고집도없고

그래서팔십둘이되었다

그냥그렇게살았다

두부   정감례

콩은 물에 이틀 담궈불리써

멧돌에 갈아서 끓이고
          근등

보자기에 싸서

쉬으면한 모한모잘 라

머리에 이고 팔러 갔지

팔고 와서는 장사도 했지

이걸로 애들 맥이고 입히고

공부 갈키고 다했어
              싸

두부 하는 게즐 거웠지
              싸

머리는 복잡하고……

정금례

속이 답답하네
뛰나고싶네

훨훨 사방으로

솔아 다니 고싶네

여기를 확 내뺴고 싶네
하 하

이정희

이정희 할머니는 1943년에 괴산에서 태어났다. 남편도 괴산 사람이
다. 독실한 기독교 신자로 남편은 장로님, 이정희 할머니는 권사님.
괴산에서 중매로 결혼하여 몇 년을 살다가 서울에서 사업을 해서 자
식들 시집·장가보내고 괴산으로 돌아와 농사를 짓고 있다. 물어물어
농사를 시작했지만 일이 많아지고 수입도 생기고 하니 공부에 신경
쓰지 못하게 되었다. 그때 남편의 응원으로 열심히 공부해서 초등학
교 검정고시에 합격했는데 축하 전화를 많이 받았다고 한다.
남편은 공부를 계속하라고 하지만 조금 쉬었다가 하고 싶다고 한다.

5월은 가정달   시인 이정희

5월은 파래서 좋다.

5월은 춥지않아서 좋다.

5월은 어머니 날이있어서 좋다.

5월은 나물이 많아서 좋다.

5월은 벌래가 많지않아서 좋다.

5월은 나랑이 만은것 같다.

곰취

여덟째야,
너 안 낳았으면 어쩔 뻔했나

이문성

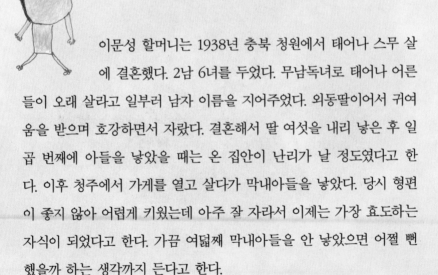

이문성 할머니는 1938년 충북 청원에서 태어나 스무 살
에 결혼했다. 2남 6녀를 두었다. 무남독녀로 태어나 어른
들이 오래 살라고 일부러 남자 이름을 지어주었다. 외동딸이어서 귀여
움을 받으며 호강하면서 자랐다. 결혼해서 딸 여섯을 내리 낳은 후 일
곱 번째에 아들을 낳았을 때는 온 집안이 난리가 날 정도였다고 한
다. 이후 청주에서 가게를 열고 살다가 막내아들을 낳았다. 당시 형편
이 좋지 않아 어렵게 키웠는데 아주 잘 자라서 이제는 가장 효도하는
자식이 되었다고 한다. 가끔 여덟째 막내아들을 안 낳았으면 어쩔 뻔
했을까 하는 생각까지 든다고 한다.

칠월은 내 생일입니다.

이문성

칠월 열사은날이 내생일임니다.
그날이 아부지 제삿날임니다.

아침에는 역국 먹고
저역에는 제사밥 먹고

시집와서는 생일이 업써씀니다.
시집사리에 정신이 업써씀니다.

환갑대서야 생일상 바디씀니다

시방은 칠월이면 큰딸 자근딸 세째딸
아들들이 돈도 주고 옷도 사무고
호강합니다.

애들아

이문성

첫째야 결혼할 때 너무 반대해서 미안하다
둘째야 지금은 잘 살아주니 고맙다

세째야 내속을 질 썩였어 걱정이 많다
네째야 넌 잘 살으니 할 말이 없다

다섯째야 굶어 죽을까봐 걱정이 많다
여섯째야 넌 혼자라 늘 걱정이 된다

일곱째야 아이고 가슴이 쓰리고 아프다
여덟째야 고맙고 대견스럽다

너 안 낳았으면 어쩔 번 했냐

혼자서 삼 남매 껴안고
그렇게 세상과 맞섰어

방붕이

방붕이 할머니는 경북 상주가 고향으로 현재 80세가 되었
다. 열아홉 살에 결혼, 슬하에 삼 남매를 두었다. 남편은 가
장의 역할은커녕 바람을 피우며 가정폭력을 일삼았다. 그래서 늘 남
편에게서 벗어나고 싶다는 마음을 품고 살았다. 결국 서른두 살이 되
어서야 자식 삼 남매를 데리고 서울로 도망쳐 나올 수 있었다고 한다.
지금은 삼 남매가 모두 장성하여 자기 일들을 열심히 잘하고 있다고
한다. 자녀들이 집을 마련해 주어 시골에 내려와 살면서 경로당 관리
를 하고 있다.

자 녀들 결혼 날

방봉이

내 시절 얘기하면 두꺼운 책 한권
삼남매 꺼안고 세상과

맛있어
오직 돈을 벌어 아이들 뒷바라지 하고
남들, 아내나를 버린 신랑
웬수 보라고 가장 멋지고

좋은 곳에서 결혼식을 했어
늦게 큰 소리 치고픈 시댁 식구들
놀라게 할 모량으로 시끄러웠지만
내 딸들을 보상 받은것 같다 아직도 뿌듯해

하필 사위 될 사람이
밥을 먹다가 돌을 씹었네

박옥규

 박옥규 할머니는 괴산 연풍면 금대리에서 나고 자랐다. 올해 89세가 되었다. 열아홉 살에 결혼을 했는데 신랑은 아래윗집 살던 사이였다. 책 읽기와 그림 그리기를 좋아한다. 책을 좋아하던 남편에게 공부를 배웠다. 할아버지가 돌아가신 후에도 그림 그리고 책 읽기를 하며 책을 펴내기도 했다. 칠십 나이에 살아가는 이야기를 썼는데 지금처럼 잘 알지를 못해 엉터리라고 애써 몸을 낮춘다. 집에 남편도 없으니 마음이 착잡하고 심란해져서 울다가 쓰다가 했던 책이었다고 한다.

맏딸 보낼때

박옥규

동생들 뒷바라지 하느라
늦게 시집간 맏딸

사위 될 사람이 인사온 다길래
힘껏 내 힘껏 밥해줬는데
하필 밥에 돌이 있었어
사위가 돌을 씹었네

그걸 본 막내딸 하는 말이
형부 날아갈까봐 돌을 넣었나봐
고년 지가 뭘 안다구

그사위가 나한테질 잘해

92

다 받아주니까
말하기가 편해

김경애

김경애 할머니는 1936년 일본에서 태어나 해방 후 귀국, 경상도에서 괴산으로 시집을 와서 줄곧 살았다. 남편을 일찍 여의고 홀로 농사를 지으며 3남 1녀를 뒷바라지했다. 단정한 맵시에 살림도 잘하고 마당에는 예쁜 꽃밭도 가꾸는 등 천생 여자라는 소리를 들었다고 한다.

자식들이 장성하여 외지에 살고 있어 아쉬워했지만 둘째 아들이 퇴직 후 할머니 곁에서 살게 되어 외롭지 않고 고맙다고도 했다. 얼굴의 상처 때문에 입원 치료를 받았는데 퇴원을 앞두고 그만 코로나바이러스로 인해 2023년 돌아가셨다. 딸에게 재산을 물려주지 못한 것을 두고두고 아쉬워했다고 한다.

둘 째

김 정 애

둘째가 오랜만에 집에 오니
사랍사는 집 같아졌어

할 말 안할말 지껄여도
그냥속으로 알아주고
다 받아주니깨
말하기가 편해

자가 쪼만할 때부터
야빠르고 부지런했어
지금도부지런한게 똑같어!

친구 같은 막내딸이 없었으면
병났을 거여

조복자

조복자 할머니는 1952년 전남 진도에서 태어나 스무 살에 결혼, 2남 2녀를 두었다.

진도에서 서울로 상경하여 공장에서 일했다. 두 살 차이 나는 점잖은 총각에게 첫눈에 반해 괴산으로 시집을 왔다. 식구는 많은데 아무것도 없는 집이었다. 시동생 둘, 시누이 셋을 뒷바라지하며 시집살이를 했다. 스물일곱 살에 방앗간에서 한쪽 팔을 잃었다. 그리고 스물아홉 살 때에는 병으로 남편을 떠나보냈다. 이후 혼자되어 사 남매를 키우고 가르쳤다. 팔이 하나밖에 없었지만 되도록 남의 도움을 받지 않으며 부지런히 일하고 살았다.

어렵게 살아오면서 큰아들을 병으로 먼저 보내게 된 일은 두고두고 한이지만 다른 아이들을 다 결혼시키고 손주까지 보았으니 그렇게 나쁘지만은 않은 것 같다.

날마다 일기를 쓰고 있다. 힘들어도 부지런히 살아온 자신이 고맙다.

막내딸

조복자

나랑 제일 오래 살 었지
신랑 삼아
딸 삼아
  막내딸은 지속엣말 내게 하고
  나도 내속엣말 다 하고
   진짜 친구여

   엄마 친구 하나해
    일만 하지 말고
   차 있는 남자 친구
    놀러도 댕기고

  두 팔 멀쩡한 이쁜 여자도 많은디
  누가 나를 닳고 다니나
    나도 싫고
세 살에 아빠 잃고, 어려서부터 혼자 노래지어
불렀어 흥얼거리는 노래   노래마다 아빠가
                들어간 거야
  저도 나도
   닳고 있으면 병났을 거
       털어놓고 살았지

저 여자한테
우리 아들 뺏겼구나 생각하니…

허외순

허외순 할머니는 올해로 93세가 되었다. 괴산군 칠성면 학동에서 태어나 열일곱 살에 학동 사람과 결혼, 줄곧 학동에서 살아왔다. 슬하에 3남 4녀를 두었다. 살면서 마음을 곱게 쓰려고 애써왔다. 사는 게 힘들었지만 행복했다고 생각한다. 언젠가 괜한 트집을 잡아 남편과 다투었던 일이 아직도 마음에 걸린다고 한다. 지금은 아침에 경로당에 와서 점심을 먹고 동네 사람들과 같이 산책하는 것이 일상이 되었다. 자식들이 효도를 해서 고맙고 좋다. 그저 자식 7남매가 오래도록 사이좋게 지내기를 바라고 있다.

큰아들

허외순

아들 첫 직장이 울산이야
모심다가 집에 갓더니
돈 사만원하고 선풍기 보냈어
월까나 울었는지 몰라
결혼해서 우리두내외가 처고 오는떠
눈불이 쏘다지는 거말
저여자한태 우리 아들을 뺏겼구나
쪽안써기고 잘햇주나
안운척 눈물 닥앗지
지금도 아들 보고싶어
못오면 서운해

막내아들이 해준 금반지
보기만 해도 좋다

한월수

 한월수 할머니는 1940년 괴산에서 태어나 스물두 살에 결혼, 2남 2녀를 두었다.

처녀 때에는 할아버지가 워낙 무서워 밖에 놀러 다니지도 못했다. 말이라도 할라치면 두들겨 맞았다. 그래서 매일 집에서 빨래하고 바느질만 하고 살았다. 마실도 못 가고 친구도 없이 자랐다. 결혼하여 아이들을 키울 때가 가장 행복했다고 하는데 막내아들이 돈 벌어서 금반지를 해다 주었을 때는 세상을 다 가진 것 같았다고 한다.

다시 처녀 시절로 돌아갈 수 있다면 마음껏 공부하고 싶다. 글을 배우면 친정으로 편지질이나 할 거니 공부를 못 하게 했기 때문이다. 자식들이 우애 좋게 사는 게 유일한 소원이다.

금 반 지

한월수

내금반지 막내아들이해 주다

금 스돈 반 보석도있고
보기만 해도 좋다
다 이뿌네
행복하 다
고 멉 다. 막 내 아들 아

내가 잘못했나,
나 때문에 그런가 혼자 울었어

이남순

　　　　　　　이남순 할머니는 60대 초반의 나이에 괴산으로 이사 와
서 혼자 살고 있다. 지근거리에 살고 있는 딸이 잘 챙겨주고 있다고
한다. 이사를 온 지 얼마 되지 않아서 아는 사람도 거의 없었는데 두
레학교를 다니게 되어 다행이라고 생각하고 있다. 두레학교에서 여러
사람들을 만나 이야기도 나누고 여러 공부를 하다 보니 괴산에서도
잘 지낼 수 있을 것 같다. 그동안 못난 신랑 만나 고생만 하고 살았다
고 생각했는데 이제부터 하고 싶은 걸 하면서 웃으며 살고 싶다.

우리딸 래미

이남순

우리딸 래미
냠자 뒬고 왔어
즈그끼리 만나서
애낳고 산다과 왔어
내맘이 너무 아팠어

내가 잘못했나
내가 잘 잘못키웠나
나때메 그런가
말도못하고 혼자
많이 울 었어

그딸래미가 지금은
갠춤 하지 살고있어
용돈도 주고 장도봐주고 그래
나만 갠춤 하면되 겠네

먼저 간 이쁜 딸,
꿈에도 안 보여주네

김복환

 김복환 할머니는 1936년 충북 진천에서 7남매 중 넷째로 태
어났다. 스물두 살에 결혼을 해서 스물세 살에 아들을 낳았
다. 그리고 8년 후 늦둥이 딸을 낳았다. 신랑은 어릴 때부터 같이 놀
며 자라온 이웃 총각이었다. 잘생긴 얼굴에 풍채까지 좋은 신랑은 권
투 코치에 레슬링도 잘했다고 한다. 자식들이 모두 공부를 잘했는데
특히 아들은 중학교 때부터 장학금을 받아왔다고 한다.
뒤늦게 시작한 공부지만 이제는 글을 읽을 수 있어 좋다. 간판도 알아
보고 농협에 가서도 서류에 필요한 내용을 적을 수 있어서 기쁘다.

마음에 봄이 있지

김복환

날푸하고
옷 화사하게 입고
친구들하고 봄놀이 다녔지

해도 겹프
햇살도 좋고

비도 그렇게 안오고
놀러 다니기 젤좋을 때여

봄이면 마음이 설레여
서방은 기운없어 댕기지도 못해
마음에 봄이 있지

딸아

김복화

아빠 닮아서 키가 훤칠한 딸
얼굴도 갸름하고 이목구비 뚜렷하고
이쁜 딸

아침 저녁으로   전화 해서
엄마 뭐 잡쉈어
맛 있겠네 맛있게 잡쉬하던 딸

올 사월에 간암으로 먼저간 딸
꿈에라도 보여주면 좋겠는데
꿈에도 안 보여주네

엄마는 그리워서 밤을 새운다
그리고   그리워서 저 개울방천에 가서
소리만 야호 야호 지르고만다

105

지 목걸이 풀어
엄마 목에 걸어줬어

김옥자

 김옥자 할머니는 1959년 증평에서 태어나 스물네 살에 결
혼해 2녀를 두었다.

부모님의 이혼으로 일곱 살 때부터 남의 집 아이를 봐주며 얹혀살았
다. 당시 남동생은 아버지가, 여동생은 삼촌네가 데려가 남매가 뿔뿔
이 흩어져 살았다. 시간이 지나 어렵게 수소문해서 1988년에 여동생
이 사는 곳을 알게 되었는데 이미 1987년에 사망했다는 소식을 들었
다고 한다.

청주에서 남의 집 어린애를 봐준 적이 있었는데 그 아이가 안과의사
가 되어 부모와 함께 찾아와, 업어 키워줘 감사하다며 현금 100만 원
과 비싼 점퍼를 사준 일도 있었다고 한다. 지금은 작은 중국 음식점
을 하며 주방 일을 하고 있다.

사랑하는 우리 작은 딸

김옥자

중학교때부터 속을속을 얼마나 썩였는지
학교를 딸보다 내가 더 많이 다녔어

그러던 딸이 철이 들더니
때마다 엄마 반지 목걸이 해주고
어버이날이면 커플반지 해주고
집 짓는데 반지 목걸이 팔았다고 하니
지목걸이를 풀어 엄마 목에 걸어줬어
둘도 없는 효녀 딸 되었지

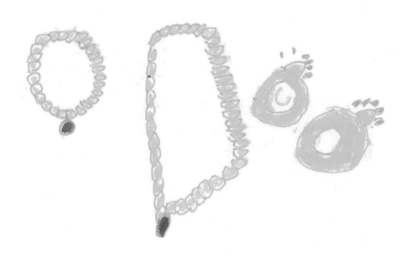

큰손자가
제 할아버지를 빼다 꽂았다

김복임

김복임 할머니는 1953년에 태어나 괴산군 청천면 삼송 3리
에 살고 있다. 가을이면 깨끗한 콩을 골라 정성껏 청국장을 만든다.
그 맛이 일품이라고 소문이 자자한데 해마다 4남매의 자식들 그리고
시댁 형제들과 청국장을 나눌 때 마음이 뿌듯하고 좋다.
어려서 어머니를 잃고 홀로된 아버지를 도와 살림을 도맡으며 공부
할 기회를 놓쳐 글을 모르고 살아온 세월이 아쉬운 만큼 열심히 공
부하고 싶다. 하지만 아직도 농사를 짓고 사는 형편이라 쉽지만은
않다고 한다. 공부를 하며 읽고 쓰는 즐거움은 무엇과도 비길 수 없
다고 한다.

큰 손 자

김복임

손 자 여 섯 명
그 중 에 도 아 들 손 자 봤 을 때
최 고 좋 았 다
큰 손 자 이 지 혁
할 아 버 지 빼 다 꽂 았 다
할 아 버 지 여 접 하 다
둘 잔 치 날
이 쁘 고 귀 엽 고 재 롱 시 럽 고
할 미 는 하 루 종 일 웃 었 하

옹기종기 모여 앉아
웃을 수 있어서

김양자

김양자 할머니는 1933년 괴산군 소수면 고마리에서 태어나 열아홉 나이에 가마를 타고 소암리로 시집와서 지금껏 살고 있다. 슬하에 아들 셋, 딸 넷을 두었는데 손주가 열, 증손주가 한 명이다. 90세 고령에도 정정한 편이다. 홀로 시골에 살고 있지만 자녀들이 잘 보살펴 별다른 어려움 없이 지내고 있다.
잘하는 것은 고스톱 치기, 노래 부르기이며 반찬을 만드는 걸 좋아한다고 한다. 마을 사람들과 즐겁게 지내고 있다.

행복하다

김양자

울타리가 되어주는
가족이 있어 행복하다
아들 딸 손주 손녀가
있어 행복하다
옹기종기 모여 앉아
맛있는 음식 먹을수
있어 행복하다
손자 손녀가 용돈을 주어서 행복하다
웃을수 있어서 행복하다

모든 어려움을 이겨내고
살아온 들꽃처럼

이기수

이기수 할머니는 1946년 충주에서 태어나 스물여섯 살에 결혼을 하여 3녀를 두었다. 친구들 중 가장 결혼이 늦은 것은 자신이 숙맥이었기 때문이라고 한다. 결혼 후에 서울로 올라가 살다가 남편이 세상을 떠난 뒤 괴산으로 내려왔다. 서울에서는 막노동도 하고 식당에서 일도 하며 살았다고 한다.

늘 공부를 하고 싶었지만 2018년이 되어서야 두레학교를 다니게 되었다. 위암 수술을 하고 나서 괴산에 내려왔을 때 지인의 권유로 공부를 시작했다고 한다. 지금은 매일 학교에 가는 재미로 산다고 한다. 얌전한 여자였는데 요즘은 춤추고 싶은 여자가 되었다고 한다. 세 딸들도 모두 좋아해서 계속 학교를 다니고 싶다.

내가 살아온 삶　　　　　　　이기수

모든 한파를 이겨내고
살아온 들꽃처럼

삼복더위와 비바람을 이겨내고
서 있는 정자처럼

태풍과 장마를 이겨내고
서 있는 과일나무처럼

모든 곡식과 채소를 저장하는
창고처럼 든든하게 살아온
내 인생

내가 보낸
깻잎, 가지 반찬 먹고 힘내라

박말순

박말순 할머니는 1940년에 충북 단양에서 태어나 스무 살에 결혼, 1남 3녀를 두었다. 어릴 때 그의 집은 할머니가 밭에 나가 품을 팔아 먹고살았다. 그는 밥하고 빨래하고 살림을 해야 해서 학교에 갈 수 없었다고 한다. 배움이라고는 열여덟 살 때 야학에서 조금 공부했던 것이 전부였다고.

하지만 그는 자신을 자랑스럽게 생각하고 있다. 손재주도 좋고 음식솜씨도 좋다. 남에게 베푸는 걸 좋아하니 좋은 일도 많았다. 돌이켜 생각할수록 괜찮은 사람이라는 생각이 든다. 지금은 몸이 좋지 않아 마음대로 다니지는 못하지만 그래도 그만하면 참 잘 살아왔으니 스스로 칭찬하고 싶다고 한다.

손자 생각

시인   박말순

손자를 생각 하면 가슴이 미어 지고저려온다.
딸도 손자도 다 같은 하느님자식이 련만

키도크고 잘생겼는데 생각 하는것 세살 에서
멈추었으니 마음이 아파서 눈물이난 다

늦되는줄만   알았은 데 자폐증 이라니
손자가 돌아올수는 없을까요
하느님께 간절한 마음으로
매일 매일 기도 할께요
죽어 서라도 내소원이 이뤄지 면
참 좋겠 다

115

우리 며느리

박 말 순

추석에 본 며느리
많이 힘드나 보다

일때문에 힘들고
아들 때문에 힘들고
남편 때문에 힘들고

내가 보낸 홍삼 먹고 힘내라
깻잎가지 반찬 먹고 힘내라

알고 보니

박 말순

나 박말순은 알고보니
참 훌륭 한 엄마 였구나
혼자서 끝까지 애들 사 남매 매기고 잊이고
공부 식혔지
나 박 말순은 두레 학교애서 공부 한거이
참 잘했다 또 잘 한것은 반찬 하는거
나누어 주는거 즐거 했지
알고 보니 박말순 좋은 사람이다

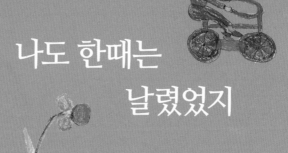

나도 한때는
날렸었지

이제 혼자 먹으려니
그 맛이 안 나요

연문자

연문자 할머니는 1941년에 증평 사곡리에서 태어나 육촌 시누이의 중매로 스물한 살에 결혼해 3남 1녀를 두었다. 45년 전에 지은 집에서 지금까지 살고 있다. 집을 지을 때 진 빚 때문에 고생이 많았지만 집 근처 장에서 두부를 만들어 팔았는데 다행히 장사가 잘되었다고 한다.

이제는 자식들이 잘 커서 무난하게 살고 있으니 어려운 시절은 다 지난 듯하다는 연문자 할머니는 무엇보다 자식들이 모두 가까이에 살면서 서로 오가고 있으니 더 바랄 게 없다는 생각이다. 그래서 지금 살고 있는 이대로가 제일 좋다고 한다.

나는 생각이 안나

연문자

말이 안 나와
뭐라고 해야 할지 말이 안나와

생각이 안나
뭔 말을 할지 생각이 안나

머리를 얻어맞은 거 같이
생각이 안나
답답해 한숨만 나와

걱정할 게 뭐가 있어

연문자

겨울에는 추워서 들어 앉아 있어
맨날 경로당에서 화투 치고
하루종일 그러구 놀지
만날 추우니까 그렇지 뭐

옛날에는 겨울이 엄청 힘들었어
또랑에서 얼음깨서 빨래하고
산 밑에서 얼음물 길어다 밥해 먹고
손이 얼어서 안 움직여
또랑에서 울고 산 밑서 울고

지금은 뜨신물 나오고 세탁기가 빨래하고
세상 살기 좋지 걱정할게 뭐가 있어

당신이 좋아하던 잔치국수

연문자

여보 잘 지내고 있지요?
나는 요즘 정로당에서 밥 해 먹고
동네 할머니들 하고 하루 하루 지내요.

우리 큰 며느리 얻을 때 절편. 인절미에
바람떡 양식 만들고
가마솥에다가 손두부 해 먹고
오징어 사다가 삶아서 숙회하고
오색전 부쳐 먹던 잔칫날들이 생각나네요.

당신은 내가 끓인 잔치 국수를
매일 먹어도 좋다고 할 만큼 좋아했는데.

이제 혼자 먹으려니 그 맛이 안 나요.
먼 훗날 만나면 잔치음식들 하고
잔치국수 해서 같이 먹어요.

엄마 몰래
만화책을 치마 속에 감췄었지

임숙자

임숙자 할머니는 1943년 괴산에서 태어나 스물두 살에 결혼하여 1남 2녀를 두었다. 아들의 사업이 잘 풀리지 않아 걱정이 많다. 일도 없고 답답하기만 하다고 한다. 고생을 많이 하며 살아왔는데 지금도 텔레비전에 밥 굶는 외국 애들이라도 나오면 살아온 시절이 절로 떠오른다고 한다.

고생해서 빚을 다 갚고 나니 늙은 손가락은 뒤틀려 있다며 요즘은 병원 순례 중이라고 한다.

구멍가게

임숙자

엄마가 구멍가게를 한 적이 있었지
과자 담배 같은 걸 팔고
만화책도 있고

글 배울라고
만화책을 보고싶어
몰래 지마 속에 감춰
화장실에 갔지
다 보려고 오래 앉아있으면
똥 잔에 가빠 져 죽었냐는
엄마의 호통 소리

재미있어 몇 장 안되는 만화
엄마 눈 차 채기 전에
다 읽고 나갈 거라고
마음이 두근 두근

냄새도
엉덩이 찬 바람도
엄마가 찾는 소리도
다 그립네

125

허망해도 행복해도
눈물 나더라

강분해

강분해 할머니는 1942년생이다. 일찍 어머니가 다른 집으로 개가하여 이집 저집을 전전하며 어린애를 돌봐주며 어린 시절을 보냈다. 어릴 때부터 또래보다 키가 큰 것이 싫었는데 나이가 들어서도 동네 여자들 중 자신이 가장 키가 크다는 사실이 너무 싫다.

결혼 후 1남 1녀를 낳았다. 담배 일을 해서 광목도 한 통 사고 빤짝이 치마저고리도 한 벌 장만할 수 있었던 때의 기억이 좋은 추억으로 남아 있다. 그날 신랑이 기분 좋다고 사람들에게 술을 샀는데 그 술값이 광목 한 통 값보다 많았던 기억도 생생하다. 지금은 그저 아들과 딸, 며느리가 모두 건강하고 하는 일들이 잘되기만을 바랄 뿐이다.

눈 물

강분해

옛날에 엄마가 딴 집으로
시집갔어
이 집 저 집 남집에 얹혀
애기봐 주고 살았지

스무살에 시집와
애 농사 내 집 짓고 사니

사는 거 같드라
다시 집가고 장가고
한 갑이라고 반 지어 딸 자지까지
받으니 행복하드라

사는 게 허망해 눈물나고
행복해도 눈물나드라

엄마 얼굴도 모르는 동생,
아버지는 맨날 술…

반화숙

반화숙 님은 엄마의 얼굴을 잘 모른다. 일찍 돌아가셨기 때문이다. 자라면서 사람들과 잘 어울리지 못해 외롭게 살았다. 결혼을 했지만 남편이 세상을 일찍 떠나 아이도 없어 한동안 혼자 살다가 재혼을 했다. 이후에도 학교를 다니지 못해서 제대로 된 일을 할 수 없었다. 그래도 늦게나마 이웃 할머니의 권유로 두레학교에 다니게 되어 정말 좋았다고 한다. 좋은 사람들도 많이 만났고 글자도 하나하나 짚어가며 배울 수 있었다. 그에게 학교는 웃으며 다닐 수 있는 재미있는 곳이었다. 그런데 지금은 청주로 이사를 가게 되어 학교에 갈 수 없으니 아쉬운 마음이 크다.

엄 마

반화속

엄마가 일쩨 돌아가셔셔

동생을 내가 키웠어

아부지는 맨날 술만드시고
동생은 엄마 얼굴도못봤어

지금 엄마 생각하면
눈물 밖에 안나

엄마 많이 보고 싶어

서울서 공장 다니며
나도 한때는 날렸었지

김복순

김복순 할머니는 1938년생으로 경상도 문경이 고향이다. 스물세 살에 당숙모의 중매로 불정으로 시집을 와서 살았다. 소 장사를 했던 신랑 덕에 별 어려움 없이 살았는데 딸만 여섯을 낳은 후 아들을 얻었을 때 엄청 좋았다고 한다. 남편은 착하고 성실했지만 입바른 소리를 잘해서 남들과 다툼이 잦았는데 그럴 때마다 김복순 할머니가 대신 사과를 하는 일이 많았다고 한다.

남편이 세상을 떠난 지 오래지 않은 2018년에 괴산 읍내로 이사해 살게 된 것은 자녀들의 권유 때문인데, 스스로 흥도 많고 노는 것을 좋아해서 어딜 가든 사람들과 잘 어울려 지낸다고 한다.

빼딱구두에 미니스커트

서울서 실공장 다닐때

나도 한 때는 날렸었지

김복순

월급 받아서

빼딱구두에 미니스커트입고

극장 구경도 하고

시골친구들이 날 부러워했지

너는 좋겠다 나도 좀 데려가라

나도 한 때는 날렸었지

엄 마 생 각

김복순

엄마
엄마를 생각 하면
용돈 한번 못주고 미안합니다
   먹을 것도많고 구경할 것도 많은데
   좋은 시절 구경도 시켜드릴수
   있는데 고기도 사주고
   용돈도 많이 주고 할건데
   나는 이렇게 로강 하고 있는데
   엄마 생각 하나 눈물이 납니다

132

젖동냥 쌀미음으로
누나가 나를 키웠지

박한규

박한규 할아버지는 1958년 괴산 장연에서 태어났다. 아홉 살에 부모를 잃고 누나와 살았다. 누나가 결혼하고 나서 그 집에 들어가 일꾼처럼 일만 하고 살았다. 일은 아주 잘했지만 글을 모르는 것 때문에 어려움이 많았다고 한다. 27세 때 결혼을 해서 1남 3녀를 두었다. 글을 모르는 남편을 위해 아내가 운전을 해가며 챙겨준 것이 많아 늘 감사한 마음이라고 한다.

이제는 조금씩 글을 읽을 수 있게 되어 힘이 난다고 한다. 내년에는 더 열심히 공부해서 책을 끝까지 읽을 수 있게 되기를 바라고 있다.

엄마

박한규

나 태어나던 날
내 어머니는 얼마나 기뻐하셨을까
신비스럽고 좋아라 흐뭇해 하셨을까

나는 엄마라고 한번도 불러보지 못했다
백일도 안되었을때 세상을 떠난 어머니
요즘 더 그립다

16살 위누나가 젖동냥 쌀미음으로 나를키웠다
열 살까지만 살아라 열 살까만 살아라
누나가 나에게는 엄마였다

나 9살 되던 해
누나가 시집을 갔다
내가 눈에 밟혀 마음 편히 떠나지못하는 누나

조금씩 클을 아니까 더보고 싶다
한 번도 불러보지 못하고 속으로만 불렀다
엄마 라는 그 말

언젠가 내가 멀리 가면
그 곳에서 만나 겠지

우리 며느리는
똥도 버리기 아까워

이경옥

이경옥 할머니는 올해 86세, 음성이 고향이다. 스물한 살에 결혼하여 아들 하나를 두었다. 그동안 남들보다 힘들게 살아왔지만 아들이 결혼을 해서 손자와 손녀를 안겨주어 정말 좋았다고 한다. 지금은 경로당에 나가 이웃들과 어울리며 행복하게 놀러 다니고 있다. 아들이 아프지 않고 건강하게 살았으면 하고 바랄 뿐이다.

그때 그 시절

이경욱

스물 한살 때 시집 왔어
트럭 타고 산골로 들어 와어
바위가 두적 두적 했어
시어머니 한테 이쁨 받아 좋았어
시어머니가 우리집 며느리는 똥도 버리기 아까워
아들을 늦게 낳서 좋았서
신랑은 먼날 술타령 하고
담 너머서 이름만 불러대고
솜씨 좋다고 칭찬 받으면 살았지

긴 머리 잘라
어머니 옷 해드리고 시집왔어

허선순

허선순 할머니는 괴산 감물면에서 태어나 올해
77세가 되었다. 스물세 살에 결혼하여 1남 2녀를
두었다. 남편은 힘도 약하고 농사일을 잘하지 못해 거의 혼자 일을 하
며 살아왔다고 한다. 반찬을 맛있게 만들어 주위 사람들에게 퍼 주
는 것을 좋아한다. 동네일에 참견하기를 좋아하는데 남의 집 일이라도
모르는 게 없다. 어느 집 손주가 몇인지도 다 꿰고 있다.
아무리 속상한 일이 있어도 자식들 얼굴만 보면 저절로 풀어진다고
한다. 특히 언제나 엄마 편이 되어주는 아들이 가까이에 있어 큰 힘이
된다고 한다.

궁뎅이까지 오던 머리 잘라

허선순

궁뎅이까지오던 머리 잘라
어머니 옷 해드리고 시집왔어

잔칫날 어머니도 울구 나두 울구
우느라고 신랑 얼굴도 못보구

우리 어머 울면서도
잘살라고
커다란 베갯잇에 메밀하구 여물을
넣구 또 넣구 꾹 꾹 눌러담어
주더라고
잘살라고

살림 날 때
시어머니가 주신 보리 한 가마니

신훈숙

신훈숙 할머니는 괴산 장연에 살고 있다. 공부가 너무 하고 싶어 두레학교에 다니게 되었는데 몸을 다쳐 병원에 입원하고 나서는 공부를 할 수 없게 되었다. 그래도 선생님에게 숙제라도 받아 집에서라도 공부하려 했지만 마음대로 되지 않았다고 했다.

학교에 다니면서 즐거운 추억이 많았지만 가장 좋았던 기억은 보은으로 소풍 가서 교복을 입어보았을 때였다고 한다. 교복을 입고 사진까지 찍으니 진짜 학생이 된 것처럼 좋았다고 한다. 그리고 그때만 해도 젊고 건강했었는데 싶은 생각이다. 이제는 학교에 다니고 싶어도 못 다니게 되었으니 눈물이 날 정도로 가장 속상하다고 한다.

살림항아리

신훈숙

살림날때 시어머니가
보리한가마 아멸한가마이
살림항아리 하나주셨지
농사지어밥짓고 항아리에실 담아먹었지

살림항아리 애지중지애졌어
살림항아리 에쌀있으면든든해
쌀없으면 시어매가몰래쌀넣고 자셨지
나이쁘다고 참잘해주셨지

시어매가주신살림항아리

살림밑천이셨지

10원 쩌자리   신 훈숙

동 네 회 관 에서 10원 쩌자리를 비 꿔오래
  농 협 에서바꾸고
  이쁜 지 갑 도샀 지
  지 갑 은 그냥주는 게아니래
  그 래 서 내 톤 내고
    지 갑 도 사고
  5 00 원 도 넣 어주고
  이제 재 냈 개 놀 기만하 면 되겠어
화 투 치 기엔지갑도 딱 예쁴

  잘 놀 구돈이나 따 면 좋 겠 다

애는 다 크고
당신은 가고 없지만

박순덕

박순덕 할머니는 고아다. 북한에서 태어났으나 6.25
전쟁이 발발하여 가족들이 뿔뿔이 흩어져 버렸기 때
문이다. 괴산에 정착하고 결혼했다. 사는 집이 사찰 밑에 있어 사찰에
서 일을 많이 했다고 한다. 손재주가 좋아서 음식도 잘했다. 자신이
타지 사람이라 동네 사람들과 잘 지내려고 험한 소리 한 번 내지 않
고 살았는데 그 마음을 사람들이 알아주었다고 했다.
딸이 사춘기 때 말썽을 많이 부려서 걱정이었는데 이제는 철이 들어
엄마한테 잘한다고 한다. 공부를 하고 싶다고 동네 이장에게 말했더
니 두레학교를 소개해 주었고 열심히 다니며 공부했다.

그때가 참 좋았지

박순덕

내 살아 온 날 돌아보면
열여덟 열아홉시 절절로 좋았지
연애를 했거든

잘 생기고 인물좋아
살랑살랑걷는 품이좋아

당신 나뱃속의 아이
기차역했론 꿀맛이었어

사는동안 큰소리 배격았고
부부싸움 한 역사가 없어

해는다 크고
당신은 가고 없고
다시기차 탄 적 없고

그래도 당신 좋아

연애하턴그 때가 진짜 좋았어

143

살다 보니
어쩌다 첫사랑이 그립더라고

권명주

　　　권명주 할머니는 1940년생으로 전북 김제가 고향이다. 18세
에 결혼, 2남 1녀를 두었다.
자신은 얼굴이 넙데데하고 못생겼지만 잘생기고 멋진 신랑을 만나서
좋았다. 그런 신랑이 자신을 좋아해 주고 아껴주어서 누구보다 사랑
받고 살았다고 한다. 깊은 산골에서 다른 사람들과 왕래 없이 식구들
하고만 살았는데 마을에 집을 사서 내려와 살게 되었다고 한다. 내 집
이 생긴 것도, 사람들과 만나 왕래하며 사는 것도 좋았다고 한다.
암 투병으로 고생이 많았는데 사는 날까지 먹고 싶은 거 먹고, 하고
싶은 것을 하며 살고 싶다.

비밀 얘기 　　　　　 권명주

나는 열여섯 저는 열일곱
그때부터 시작인거여

한 사랑을 먹고 살았면 집
문 잠궈놓으면 흔들흔들 하고
암도 없을때 만와서 막 자자고 하니
아죠 죽겠데 무서워서

3 년을 성가시게 해도
내가 절개를 지키고안 받아줬어
그란디 내가 우책 그랬을까싰어
연애를 못하겠데

살다보니 어쩌다 첫사랑이 그립더라고
해변 가슴에 왔고 보고 싶으라
연애도 못해시 그런가 그립더라고

그짓하고 살았으면
지금보다 못할 것같어

앞에도 산 뒤에도 산,
도망도 못 가겠네

추영자

추영자 할머니는 1942년 괴산에서 태어나 감물로 시
집을 와 살았다. 슬하에 1남 3녀를 두었다. 결혼을 하
고 나서 남편은 농사를 지었지만 추영자 할머니는 혼자 장사를 하며
살았다. 새우젓 장사로 돈을 많이 벌어 슈퍼마켓을 했는데 잘되었고
이어 해장국집을 크게 했는데 소위 대박이 났다.

해장국집에 손님으로 온 두레학교 선생님에게 매일 음식을 그냥 드릴
테니 하루에 한 자씩만 가르쳐 달라고 부탁하고도 너무 바빠 글을
배우지 못했다고 한다.

이제는 두레학교에서 공부하고 있으니 더 이상 원이 없다. 내년에 졸
업이라니 스스로 대견하다고 생각한다.

디다보고 있으면

추영자

가을에 갔다가
겨울에 숨어있다가
봄이 되면 포릇포릇 싹이 기어나온다

앉아서 디다 보믄
너무 마음이 좋아서
또 디다보고 또 디다보고

디다보고 있으면
눈물이나 드라고

애들은 갔다가 오는데
사람은 한번 가면 싹도 없이 오질않아

나 좋아하는 사람 다 가고 나니
나도 따라 가고 싶다
나도 한번 가고나면 못 오겠지

내가 시집 가던 날

추영자

내가 시집 가던 날
택시 타고 감물 까지 와서
가마를 태우 더라구
마당에 멍석 깔고
절하고 그렇게 폐백 받았어.

엄마가 혼자 키워서 보내니께
엄마가 그렇게 울어
나도 며칠을 울었어.
동네에 소문이 났어.
우는 새댁 이라고

앞에도 산 뒤에도 산
산만 보여
도망도 못가게.

새벽에 나가
나무 한 짐 이천 원에 팔고

신영순

신영순 할머니는 1937년에 충북 오송에서 태어나 열여덟 살에 결혼, 슬하에 8남매를 두고 있다. 첫째부터 넷째까지는 딸, 다섯째부터 여덟째까지는 아들이라고 한다.

18세 때, 키 크고 인물 좋은 27세 총각이 자꾸 말을 붙여와 재미있게 얘기를 나누는 사이가 되었는데 중매가 들어와 다른 사람과 결혼하게 되었다고. 가끔 그때 그 사람과 결혼했으면 속 썩지 않고 살았을까 하는 생각을 했었다고 한다.

원래 무엇이든 재미있어하는 성격이라 즐겁게 두레학교를 다녔다. 사람들과 잘 어울려 소풍도 가고 놀러도 다녀서 좋았는데 이젠 다리가 아파 병원 다니느라 학교에 갈 수 없다고 한다.

고생 말도말어

신영순

아무것도 없이 시집 와서
먹을게 없어 댕강도 먹고살았어
열여덟넘어 시집와서 고생고생 많이했지

우리 영감은 나무장사 했어
새벽에 나가 한집에 이천 워에 팔고

나는 복숭아 떠다 광우리에 지고
십리이십리 걸어가서 한접에 오천 원 팔았어

보릿살 사다 놓고나니
배가 든든 해
고생 한저 말도말어

칠성으로 시집와서 보니
아주 산골이었어

이을순

이을순 할머니는 1943년 청주에서 태어나 스물한 살에 결혼, 2남 2녀
를 두고 있다.
노래를 잘 부른다. 젊었을 때는 고생이 많았지만 지금은 자손들이 잘
해줘서 행복하다고 한다. 하지만 고생 많았던 시집살이만 생각하면
지금도 말 그대로 징글징글하다고 한다.
지금도 건강하게 일하는 것이 즐겁다는 이을순 할머니는 환경지킴이
일을 하고 있다.

칠성 사이다
이을순

청주에서 칠성으로 시집왔어

칠성 사이다도 나오고
도시인줄 알엇는데
아주 산골 인거야
삼대 독자 집안이라
자꾸 떠 낳으라 했지만
둘둘 낳았어
물갱이 잡는재미
새벙어 잡아 지저먹는 재미
애들 키우는 재미에
싫었던 시골이
이제는 좋아

바른 소리 들이대는
내 성질은 여전하지유

이종순

이종순 할머니는 새로 지은 집이 좋다. 그동안 연탄을 때고 살았는데 이제는 그럴 필요가 없어졌다.

늘 손자가 잘되길 빌었는데 이제는 좋은 직장에 취직해서 제힘으로 대학원을 다닌다고 자랑을 한다. 요즘에는 욕심을 부리는 것도 싫고 그저 막걸리나 한 잔씩 하는 것만큼 좋은 것도 없다고 생각한다. 공부가 재미있었는데 한글 공부할 때 역사책 읽을 때가 좋았다고 한다.

2년 전까지만 해도 날일을 나갔는데 이제는 하지 않는다고 한다.

이종순

우리할머니가나를째지다고야단쳤여요

내가째시기가대단했여어유
머스마고지지바고쪄본적하없여유
남동상몇이나됐어두두도려팬시유
여불하면우리할머니가나룰시어머니없

눈데줘야지했어유
떨리어올까봐우리할머니가
진짜나룰시어머니
없누데로보냈어유

시아버님이
철부지에게잘한다
해주봤지유
이제성질두족 7

그냥저냥살어유
비위에안맞으면
바른소리들이대는
성질은여전하지

154

아들보다 더 좋은 남편,
미안하고 고맙습니다

함순교

 함순교 할머니는 1945년 경기도 포천에서 태어났다. 스물 일곱 살에 결혼을 해서 1남 3녀를 두었다. 함순교 할머니는 7남매의 막내로, 아버지가 돌아가실 때 어머니의 태중에 있었다고 한다. 어머니 혼자 7남매를 키웠으니 많은 고생을 하며 살았다.

어머니와 단둘이 살겠다고 작정하고 직장 생활을 하고 있던 때, 같은 부서 사람이 지금의 남편을 소개했는데 남편이 죽자 사자 쫓아다녔다고 한다. 많은 우여곡절 끝에 결혼을 했다. 그리고 모진 시집살이를 했다. 그래도 견딜 수 있었던 것은 남편이 아주 좋은 사람이었기 때문이다. 이후에 맞은 힘든 시간들도 남편 때문에 이겨낼 수 있었다고 한다. 지금까지 살아오는 동안 한 번도 남편과 싸운 적이 없다. 그런 좋은 남편이 아프지 않았으면 한다.

보루수 다방

함순교

27살에 보루수 다방에서
처음 만났지

그여가 처음에 별루였어
그이는 내가 첫눈에 좋았다네

나는 결혼안한다
그이는 자꾸만나자 하대

혼자서 내가 좋아
맨날 회사 앞에서 기다려
시집 안갈라 했는데
나이 많고 가라하니
그이하태 시집 갔지

시집와 살아보니
신랑 차해서 이리 사나 싫어
눈물 4게 고뱁고 그래

우리 아저씨

함순교

우리 아저씨 나보고
첫눈에 반했댜

얼굴이 새까맣고
키만 커다랗고
시골서 살고 별루였어

농사 안시킨댜
밥만 해달랴
그런줄 알았지

나고생 엄청했어
나 엄청 힘들었어

살다보니 우리 아저씨
엄청 착해 나하고 잘 맞어
그거하나 좋아서 살았어

우리 아저씨
안 아프고 자는듯이 가면 좋겠어

내 남편

함순교

내가 팔 다치니
할아버지 고생이네.
밥도 하고 나물도 다듬고
빨래도 하고
목욕도 시켜주고
혼자서 농사까지
벼도 콩도 깨도 져두고
고구마 다 캐고오려니
이제나 저제나
기다려도 안오시네
마중가다 두번이나
쉬어 겨우 만나니
눈물이 나네.
아들보다 더 좋은
우리 남편
미안하고
고맙습니다.

좋으나 그르나
싫은 소리 안 해서 좋아

이병임

이병임 할머니는 1941년생, 괴산군 청천면 덕평이 고향이다.
스물한 살에 결혼, 슬하에 2남 3녀를 두었다. 노래 부르는 것을 좋아
한다.
힘든 일을 하면서도 나름 즐겁게 살아왔다고 생각한다. 지금은 자식
들에게 사랑받고 있어 좋다. 그 아들딸들이 찾아오는 것이 가장 큰 기
쁨이다.

우리 자기

이병임

생전 가도
잘해 주는지
못 해주는지
말씀 안 하시고
좋으나 그르나
남 하고
싫은소리 안 하시고
그래서 좋아
요즘은
할아버지가
아침을 해주제

우리 집 늙은이만
속을 안 썩였으면 좋겠네

이명화

이명화 할머니는 1936년 괴산에서 태어나 스무 살에 결혼하여 2남 2녀를 두었다. 치매가 있는 남편의 종잡을 수 없는 행동과 말 때문에 걱정이 많다.

나는

이성화

우리 늙은 이판 속 만석 넸으면
좋겠어
깨도 봐
너무 일찍 오를 부어서
우리 심을 때 다른 사람들은
모를 붓는 거야

깨모 부으라고 부으 라고
어떻게 성화인지
아이고 아무 것도 모르고 그러니
심이 힘들어

여자가 중한지도 모르고
나도 편하게 놔두지

162

지금은 아저씨가 없으니 외롭지,
외로운 거야

임덕순

임덕순 할머니는 1950년에 태어나 괴산에 살고 있다. 살
아오는 동안 일도 많았고 고생도 많았지만 신랑이 좋은
사람이라 서로 위로하며 잘 살아왔다고 했다. 어떤 음식을 해줘도 맛
있다고 칭찬할 때마다 신랑에게 더 맛있는 음식을 해주고 싶었다고
한다. 신랑이 몸이 아파 일찍 세상을 떠나지 않았다면 지금도 같이
재미있게 살 텐데 하는 생각을 한다.
이제는 딸이 잘 챙겨주고 있다고 하는데 두레학교에 가서 공부하게
된 것도 딸 덕분이라고 한다. 지금은 학교를 가지 않는데 머리가 자꾸
아파서 공부가 되지 않기 때문이다. 머리가 아프면 공부를 하지 않아
도 된다고 딸은 말하지만 그래도 공부할 때가 참 재미있었다고 한다.

아저씨 계실 적에

임덕순

곤드레 밥 하는 날
친구들 다 불러다 놓고
밥을 잡숴 아이고 행복해

술방 하는 날
동네 으른들 불러서
자랑했지 너무 행복해

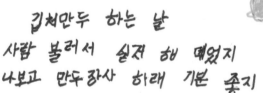

김치만두 하는 날
사람 불러서 싫전 해 댔었지
나보고 만두랑사 하래 기분 좋지

아저씨 계실 적에
사람들 나눠 먹고 했는데
그때가 행복하고 재밌었지

지금 아저씨 없으니
외롭지 외로운 거야

164

다시 만나면
버선발로 뛰어나가 맞이할 텐데

홍임순

홍임순 할머니는 올해 82세로 괴산군 칠성면 학동에서 태어나 지금껏 살고 있다. 슬하에 2남 2녀를 두었다. 어린 시절, 홀어머니 밑에서 자라며 고생을 많이 했다. 스물세 살에 결혼했으나 끼니를 걱정하면서 살 정도로 살림이 어려웠다. 60세에 남편과 사별하고 지금은 경로당을 다니며 소일하며 지낸다. 자녀들이 찾아와 얼굴 볼 때가 가장 행복하다고 한다.

그리운 사람　　홍엄순

스물셋

결혼식에서
지금 봤지
잘 났다고
소문은 들었어
눈코 업이
마치 않고 잘났어
심정도 잔잔하니
좋았어
다시 만나면
버선발로 뛰에나가
맞이할엔데

당신 보내고
이제부터 아이들하고 살아야 하네

최갑예

최갑예 할머니는 1942년 충북 미원에서 태어나 스물한 살에 결혼을 했다. 슬하에 3남 2녀를 두었다. 키는 작고 마른 체형이지만 일을 잘하기로 소문이 자자하다. 남편이 키가 크고 풍채도 좋아 같이 다닐 때면 고목나무에 매미 붙은 것 같다고 생각했다.

결혼 전에는 동생이 다섯이라 어디를 마음대로 다닐 수가 없었다. 매일같이 동생들 밥해 먹이고 물 긷는 일을 했다. 그래도 시집가기 전이 좋았다고 생각하는데 맨날 시집살이하느라 고생이 많았기 때문이다.

흥이 많아 일을 할 때면 흥얼흥얼 타령이 절로 나온다. 그림 그리는 것을 좋아하는데 요즘에는 돌에 그림을 그려 넣고 있다. 마당에는 그림이 그려진 돌들이 가득하다.

왜 쓸쓸하냐

최 갑 예

추워지고손 끝이 시려지는 아침
당신을 보내고 난 나는 왜이렇게 쓸쓸하냐

싸우고 목 먹고 하루하루 살아왔는데 지금은 없어

지금부터 아이들하고 살아야 하네

나는 땅에서 살고 당신은 하늘나라에서 살아

훨훨 날아다녀 이제라도 행복하게 잘 살아
나는 아이들하고 행복하게 살지

그러고 보면
나도 참 극성스러웠다

이상분

이상분 할머니는 1948년 괴산에서 태어나 스무 살에 결혼했다. 슬하에 2남 2녀를 두었다.

열한 살에 어머니가 돌아가시고 홀아버지 밑에서 자라 혼자 집안 살림을 맡아 하면서 살다가 열 살 많은 남자와 결혼을 했다. 결혼 전에는 선머슴 같아서 자전거를 끌고 가다 도랑에 빠지기도 했는데 그 모습을 본 아버지가 창피한지 아는 체도 하지 않고 지나간 일도 있었다.

지금도 어머니가 보고 싶다. 일찍 돌아가신 어머니는 병든 몸을 이끌고 시골로 비단을 팔러 다녔다고 한다. 집으로 돌아오는 마중길에 만난 어머니는 늘 "내가 어서 병이 나아야 이 어린 새끼들을 멕이고 키우고 할 텐데…" 하고 근심했다고 한다.

당신 생각

이상분

가을 하늘을 바라보니
파란 하늘이 참아름답다

흰구름 속에 당신
얼굴이 떠오른다

웃는 얼굴보다
화내는 얼굴이 보인다

당신 깊은 마음은
내가 잘 알아요

먹고 살기 힘들어서
만만한 나한테만 화낸걸
나는 알아요

열여섯 살때

이상분

자전거 배우다 봇도랑에
빠져서 동네 사람들 와서
꺼내주던 생각이 난다

아버지는 그 장면을 보시고
그만 도망가셨다

그러고 보면 나도 참 극성스러웠다

화이팅

괴산두레학교 이상분

시원한 바람이 부러
가을이구나

가을 바람에
흔들리는 허수아비
예전 나 같다

바람이 부는대로
계절이 바뀌는 대로
사는 것이
마치 나 같다

이젠 아니지
바람이 불어도
계절이 바뀌어도
나는 자신있게 살지
나는 이제 허수아비가 아니다
화이팅이다

돌아가고 싶은 나이에
꼭 해보고 싶은 일

진달래반

명희는 30대에 멋진 선생님이
되어 아이들을 가르치고 싶다

정금례는 아기낳고 항얀 쌀밥에
미역국을 실큰 먹고 싶다

전연자는 스무살 쯤에 보검이를
신랑삼아 알콩달콩 살고싶다

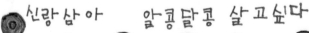

지금은
만사 오케이!

웃는 아이들의 기쁜 마음을
그리기가 어렵네

전임이

전임이 할머니는 괴산으로 이사 온 지 얼마 되지 않았다. 그런데 어찌하다 보니 두레학교를 알게 되어 조심스럽게 다니게 되었다. 선뜻 나서지 못하는 성격에 잘하는 것도 없고 해서 소극적으로 다녔다고 생각한다.

어느 날 선생님이 그림을 그리라고 해서 마지못해 해봤는데 칭찬을 받았던 기억은 오래 남아 있을 것 같다.

지금은 일이 생겨 더는 학교에 갈 수 없지만 학교를 다니면서 칭찬을 받고 다른 이들이 하는 걸 보면서 같이 하니까 무언가 되어가는 것을 보았다. 지금도 참 신기한 경험이었다고 생각한다.

사람이 안 그려져!

전임이

아이고▽ 답답하네
꽃밭에 뛰노는
아이들 맘껏 그리고싶네
웃는 아이들
기쁜 마음 그리기 어렵네
평생 한 번 그려 보겠나!

흉도 보고 칭찬도 하며
사는 게 이웃이지

김종임

김종임 할머니는 1937년 괴산에서 태어나 시집을 온 후 줄곧 못골에서 살았다. 2남 1녀를 두었다. 씩씩하고 호탕한 성품으로 일이 바쁜 중에도 공부에 대한 열의가 대단한 분이었다. 어린 시절 공부만 했더라면 남자 못지않게 일하면서 이장도 하고 출세를 했을 텐데… 하고 늘 아쉬워했던 분이었다. 3년 전, 다음 날 심을 감자씨를 준비해 두고 주무시다가 갑자기 돌아가셨다. 생전에 결혼하지 않은 아들 걱정이 태산이었는데, 돌아가신 뒤 아들이 결혼하여 손자까지 낳았다고 한다.

뎟 뎟 하게 살았어

김종임

내 몸으로 빨었어
시어머니주고
빗만 삼백이 넘었어
쌀 한말이 오백환이었던때야
고사리 꺾고 나물하고
벽돌 공장 생활 18년 했어
그래서 내몸뚱어기 아픈거유
그 빚다 갚고
논도사고 밭도샀어
한 뙤 두 뙤 얻어 먹은 바가지기
지게로져도 한짐이 넘는데 그래도
십 원 어치 하나 더 어먹은게 없어

179

이웃사촌

김종임

호박농사 아이고 생했어

그래도 호냐해야지
누구한더도움을 받혀
다 죽을판인데

다아퍼나보다죽겠다고해
오래살기만을서로 빌고살아
하루라도 안보면마음이이 상해

숭도보고
칭찬도하고사는게이웃이지
들어주지못하더라도
말이라도하니좀고마워

우리동네다섯은
하루한번씩은
뭉쳤다해어져

없는 살림에 사느라고
안 해본 게 없어

김정순

김정순 할머니는 1935년 수안보에서 태어나 열여섯 살에 결혼했다. 남편이 양반이라고 해서 소개받아 결혼했는데 부잣집 다 제쳐놓고 왜 그리로 시집을 갔는지 모르겠다고 한다.

그래도 못난 자신과는 달리 아들딸들이 모두 잘생기고 예뻐서 다행이라고. 특히 키도 크고 예쁘고 아주 똑똑했던 큰딸을 시집보낼 때는 얼마나 좋았는지… 그런데 그 딸이 자신보다 먼저 세상을 떠났으니 평생 지워지지 않을 마음의 상처로 남았다고 한다.

이제는 자녀들 덕에 새로 지은 좋은 집에 살고 있으니 더 바랄 게 없다. 지금처럼 하고 싶은 거 하면서 조용히 살다 가는 게 소원이다.

만 사오케여

김정순

나 살아온 거
차에 실어도 다 못 실여
고생을 하도 해서

없는 살림에 사느라고
안해본 게 없어
죽어나 사나 해야지하며 살았지

세월을 못 타서고생을 한 거지
험한세월 에나서고생을 한거지

다 해내고나 니지금은 만사오케이
지금은 사는 맛이나지

182

그때가 젤 좋았어

김정순

큰사우 볼때 가 젤좋았어
나하나 사우보는 것마냥
얼마나 좋았다고

차반스 농 이불그럭
요강 대야 다 해줬어
해줄게 다 해줬어

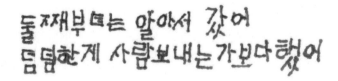

시집보내고 나 엄청울었어
처음이니까
사람이 나가니까

둘째부터는 알아서 갔어
덤덤한게 사람보내는가보다했어

진짜
그때가 젤좋았어

주인이 무지하게 짰어
그래도 8년간 일했어

변병화

변병화 할아버지는 1958년 괴산 칠성면에서 태어나 지금껏 살고 있다. 결혼은 하지 않았다. 90세가 넘으신 어머니와 함께 살았지만 지금은 돌아가셨다고 한다. 오래전 서울에서 연탄 배달을 했었는데 고생만 하다가 괴산으로 다시 내려와 살게 되었고 이후 버스터미널에서 청소일을 했다. 그는 그동안 월급을 잘 모아놓았기에 이젠 돈 걱정 없이 살아도 된다고 한다. 위암으로 일을 그만두고 쉬면서 두레학교를 다니게 되었다. 수업 시간에 목소리가 하도 커서 주위 할머니들에게 잔소리를 듣지만 거의 빠짐없이 출석하고 있다.

연탄 배달

변 병화

1979년 12월 2일날
  24살 때
서울 상도동에서
연탄 배달할때

주인이 무지하게 쨌어
한달에 오만원
욕지거리도 하고
심들었지

그래도   버티고
팔년간 일했어

그때 생각하면
지금도 기분이
무지 하게 나뻐

이제 마음이 깨윤해

변병화

노령 연금에
국민 연금에
장애인 연금에
다 신청해 놨어

이제 타 먹기만 하며 대
일 안해도 대
돈 타 먹는 재미에
슬금 슬금 쓰면서 실면 대

이제 굴만 배우면 대

이제 여행 만 다니면 대

나는 남편에게도,
코스모스에게도 대우받는다

최운경

최운경 할머니는 괴산에서 태어나 올해 75세이다. 스물세 살에 결혼해서 2남 2녀를 두었다.

중매로 괴산 문광 사람과 결혼했다. 새댁 시절에 일을 해서 받은 월급과 남편의 월급 모두를 시어머니께 드리며 살았다. 그런데 시어머니가 곗돈 사기를 당해 모두 날렸다고 한다. 이후 사글셋방을 전전하던 중에 한 집주인이 돈을 빌려줄 테니 집을 사라고 해서 집을 마련했을 때 정말 좋았다고 한다. 동네 사람들과 잔치를 했던 일도 기억에 새롭다.

이제 와서 살아온 날들을 돌이켜 보니 그렇게 화나는 일도, 힘든 일도 없었던 것 같다. 그리고 비교적 대우를 받고 살았다는 생각이다.

최운경 할머니는 항상 웃는다고 한다. 웃으니 주위 사람들이 좋아해 주고 예쁘게 봐주는 것 같다. 그래서 항상 즐겁다. 사는 게 재미있다.

나는 어딜 가나 대우 받는다

나는 시집가서도 대우 받았다 최윤경

나는 시어머니에게도 대우 받았다

나는 마실을 가도 대우 받는다

나는 닭소에게도 대우 받는다

나는 남편에게도 대우 받는다

나는 두레학교에서도 대우받는다

나는 코스모스에게도 대우 받는다

나는 어딜가나 대우받는다

나는 선생님한테 대우 받고 싶다

팔순에는
제주도라도 한번 가봐야겠다

최순자

 최순자 할머니는 몇 년 전 남편과 사별했다. 그래서 지금은 사는 게 재미가 없다.

주말이면 자식들이 와서 농사를 돕는다 해도 대부분 혼자 감당해야 해서 힘에 부친다. 그리고 무얼 해도 남편 생각이 떠나지 않는다. 장날이면 함께 장에 가서 양말 한 켤레라도 같이 골랐던 남편이었기 때문이다.

그나마 그토록 고대하던 글을 배울 수 있어 조금은 낫지 않나 싶다. 새벽에 눈을 뜨면 무조건 숙제를 먼저 한다. 오래전에 지은 집이지만 프랑스풍 비슷해서 동네 사람들이 불란서 집이라고 부르는 집에서 살면서 전동카나 자전거를 타고 공부하러 다니고 있다.

히트다 히트

최순자 (77)

숟가락 안들고 한갑 잔치를 했다

집에 까지음식을 갖고 왔다

만 삼천원짜리 부페가 음식을 갖고
왔다 히트 쳤다

아들이 돈내서 한갑 큰 상은

받아서 기분이 좋았다

팔순에는 구경이나

가면 좋겠다

제주도라도 한번

가 봐 야 겠다

남편하고 태국을 갔는데…
아이구 숙맥이었다

우순자

우순자 할머니는 사리면 진암에서 살고 있다. 슬하에 2남 1녀를 두었으며 농사를 짓고 있다. 여든셋의 나이에도 학교를 결석하는 일 없는 모범생이다. 요즘에는 일기를 쓰고 그림을 그리는 일에 푹 빠져 다른 일들은 시들해졌다고 한다. 자녀들도 할머니의 학습 생활을 열심히 응원하며 든든하게 지지해 주고 있어 신바람 나게 공부하고 있다.

환갑잔치 사랑잔치
우 순 자 (84)

남편하고 태국을 갔는데 호텔에서 잤다
침대를 처음 봐서 낯이 설고
전기불 켜는 걸 몰라서 화장실 가다가
넘어졌다 입술이 깨졌는데
이튿날 사람들은 난리가 났다
밤새 뭔 짓을 했냐
얼마나 뽀뽀를 했냐

얼마나 사랑했나
우리애 아부지는
술 먹고 골아 떨어 졌다
아이구 승맥 이였 다

재미있게 살면 사랑이지
무슨 말을 해

임신통

임신통 할머니는 1934년에 괴산에서 태어나 29세의 늦은 나이에 결혼해 3남 3녀를 두었다. 바느질을 잘하고 꽃 가꾸는 일을 좋아한다. 어려운 형편에 일찍부터 남편의 병환 때문에 고생이 많았다고 한다. 93세의 남편은 심근경색으로 시술을 했는데 치매 증상이 나타나는 중이라고. 이제는 자신이 아파서 고생인데 자식들이 아픈 걸 참는 어머니를 안쓰러워한다고 한다.
지금은 그저 자식들 건강하게 오래 살았으면 더 이상 바랄 게 없다는 마음이다.

70년 사랑

임선동

재밌게 살면 사랑이지
사랑하면속으로사랑하는 거지
무슨말을해
아무리잘해줘도
나도고맙다고말 안해
그러면 버릇되지
그러고 살았어
호호호호호

하늘나라 살 만혀?
나는 아직 멀었어

이배옥

이배옥 할머니는 1935년 괴산에서 태어나 스물한 살
에 결혼, 3남 5녀를 두었다. 결혼해서 계속 딸을 낳아
힘든 시집살이를 했다. 그래서 첫 아들을 낳았을 때가 가장 좋았다고
한다. 지금은 시골집에서 혼자 텃밭을 가꾸며 살고 있다. 괴산 읍내에
사는 자녀들이 다 효도를 잘해서 늘 즐겁다고 한다. 고령의 나이에도
잘 걷고 기억력도 좋고 농사일도 잘한다. 가족들과 함께 여행을 다닐
때가 가장 행복하다고 한다. 가끔 28년 전에 돌아가신 영감님이 보고
싶다는 생각을 한다.

영 감   이 배옥

이 시딸년 전에 가쓴영감
  보고시품다
한갑잔치 벌렀더니 노래 잘 부른데
뻔더부불러 잘 부랐기
새 워가니 보고시픈데
  나애순하나 영감애순넷
  그냥혼자 떠나갔지
  하늘나라 살만혀
  나는 아직 머렸어
  잔치 나는 새 번 더허고갈거여
  아직머렀어
조은자리 마타나
  영감 겨토로 갈께

신랑을 만나
하루하루 눈물 한 바가지

김성자

김성자 할머니는 1940년 충북 괴산군에서 태어났다. 18세 꽃다운 나이에 결혼해서 5남매를 두고 있다. 어릴 때 귀하게 자라서 시집살이가 유독 맵고 힘들어 친정집으로 자주 도망을 갔다. 그때마다 남편이 데리러 오곤 해서 살았다고 한다. 나물을 뜯어 이웃과 자녀들에게 나누어 주기를 좋아하는데 지금은 고관절을 다쳐 요양병원에서 치료 중이다.

나 아퍼

김성자

나 태어날 때부터
우리 부모님께 엄청 소중했지
내 위로 3명이나 저세상 갔기 때문이지

그렇게 내 존재는 으뜸이었지
동생들이 태어나 함께 자랐으나
외딸인 난 항상 중심이었어

그런데 어쩌다 신랑을 만난 세월은
시어머니의 구박 남편의 급한 성격에
하루하루 눈물 한 바가지

시어머니 저세상 가고
남편의 팔랑귀에 이리저리 나뒹굴었어

지금은
몸과 마음 아퍼.

엄마의 좋은 모습 보이고 싶은데
치매가 왔네

정순

정순 할머니는 1938년에 괴산군 소수면에서 태어나 스물네 살에 감물면으로 시집을 왔다. 남편은 잘생긴 사람이었고 호강하며 살았다고 한다. 삼 남매를 두고 있는데 큰아들이 암 투병 중이라 걱정이 태산이다. 늘 마음이 아프다 보니 눈도 귀도 시원치 않아 이제는 공부를 할수 없을 것 같다고 한다. 그나마 친구들과 운동하고 노인 일자리에 참여하는 것이 낙이라고 한다.

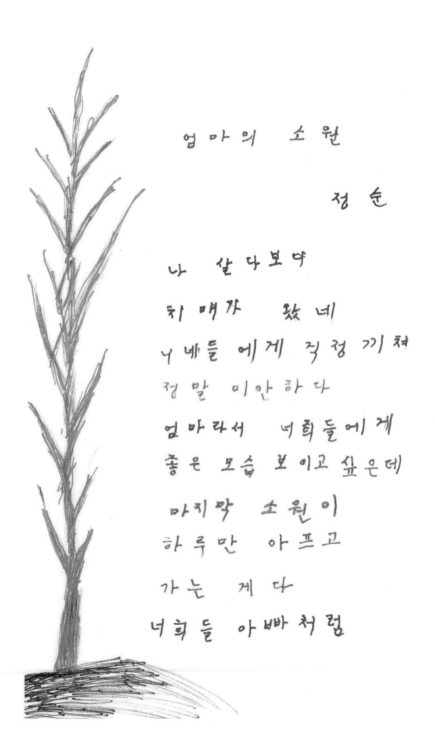

엄마의 소원

정순

나 살다보여
치매가 왔네
니네들에게 걱정끼쳐
정말 미안하다
엄마라서 너희들에게
좋은 모습 보이고 싶은데
마지막 소원이
하루만 아프고
가는 게 다
너희들 아빠처럼

우리 아이는 덩치는 큰데
장애 2급이라…

주정원

주정원 할머니는 1952년 강원도 영월에서 태어나 열 아홉 살에 결혼, 슬하에 사 남매를 두었다. 오 남매 중 셋째로 태어나 아버지로부터 많은 사랑을 받고 자랐다. 입덧을 하며 아들인 줄 알았던 어머니는 딸인 걸 알고 내버렸는데 아버지가 다시 데려와서 살 수 있었다고 한다.

남편은 술과 도박을 좋아했는데 자신보다 스물한 살이나 어린 아내에게 손찌검까지 하는 사람이었다. 그래도 아내의 생일이면 속옷과 소고기는 잊지 않고 사다 주었다고 한다.

중국 음식점을 하면서 돈을 많이 벌었다. 처녀 시절로 돌아간다면 세계 일주를 하고 싶은데 가장 가보고 싶은 나라는 뉴질랜드라고.

내가 바라는 거

주정원

우리 아이는 장애 2급이다
우리 아이는 덩치는 큰데
빨리 빨리 표현을 못한다

내 속이 터질거 같이 답답하다
내 맘이 쥐어짜는거 같이 아프다

나는 아이와 속 시원하게
이세상 돌아가는 이야기
우리 가족 이야기
다 하고 싶다

그러면 날아갈 거 같다
큰 길에서 춤도 출 거 같다

찌글찌글한 주름만
남아 있나

유중순

유중순 할머니는 스스로 사연 많은 삶을 살아왔다고 생각한다. 1938년
에 태어나 결혼도 했었지만 지금은 혼자 살고 있다. 가장 싫은 것은
남들이 자신을 측은하게 보는 것이라고 한다. 비록 없이 살아도, 힘들
게 살아도 불쌍한 사람은 아니기 때문이다. 그래서 다른 사람에게 신
세를 지는 일을 하지 않으려 애쓰며 살아가고 있다.
그리고 끝까지 두레학교를 다니며 공부할 생각이다. 눈이 잘 안 보이
고 허리가 굽고 손이 떨려도 끝까지 학교를 다니겠다는 굳은 결심을
하고 있다.
그동안 고생도 많았지만 남에게 해코지한 적도 없이 열심히 살아왔
고, 세상에 부끄러운 짓은 하지 않고 살아왔으니 앞으로도 혼자 그렇
게 살아가겠다고 한다.

청춘은 어디로 다 가고

유주순

바람부는 데는 바람이 가고
물결치는 데는 물이 가고
임가는 데는 내가 가고
바늘 가는 데는 실이 가고
청춘은 어디로 가고
찌글 찌글 한 주름만 나마 있나

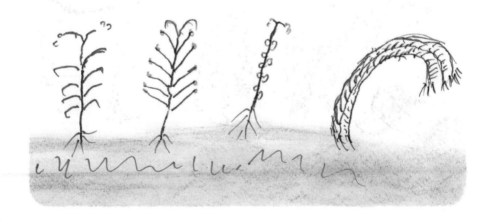

등잔불 밑에서 이도 잡고
수도 놓았지

김이순

김이순 할머니는 1944년 전라남도 나주에서 나고 자랐다. 20세에 충주로 시집와서 괴산에 살고 있다. 처녀 시절에는 명절이면 열리는 동네 노래자랑 대회에 나가 냄비며 솥단지를 받아오기도 했다고 한다. 어느 날 아버지가 작은마누라를 데리고 들어와서 그 집 애들과도 한 지붕 아래에서 같이 살았지만 사이좋게 지냈다고 한다.

결혼하여 첫딸을 낳은 후 아들을 낳았는데, 본가나 시댁에 딸이 많아 아들을 못 낳을까 봐 걱정이 많았다고 한다. 이후 둘째 아들을 더 두었으나 젊은 나이에 하늘로 떠나보낸 것이 깊은 마음의 상처로 남아 있다. 지금은 큰아들과 며느리 덕에 행복하다고 한다.

그엇날 겨울밤

김이순 77세

나어릴적 겨울이 그립구나
추억속 친구들과 초가집고드름
따먹고 고구마 눈속에 뭇어 깍어먹고
등잔불밑에서 식구들 옷벗겨 석가레잡고
이도잡고 수도놓았다 시집갈려고
겨울이면 내머리속이 영화처럼
필림이 돌아간다

겨울아 빨리 오렴 …

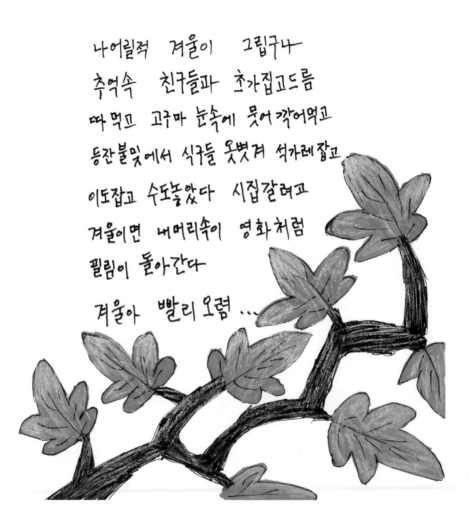

요 다)로만

김이순

살다보니 좋은날만 있는게 아니다
삼남매 엄마가 대서 행복한줄 알았다
나의 막내아들을 마흔일곱살로 하늘나라로
보내고 보니 하늘이 땅에 딱붙어 버리터라
앞이 하나도 안보였다 그저 버티다 보니
큰아들 며느리 덕에 같이사니 세상을 다가진것 같다
지금이렇케 행복해도 되는지 ‥‥
　이제는 내마음 비어놓고 요대로만
　계속 살고싶다

학교 댕기다 말고
친구하고 서울로 내뺐지

나길자

나길자 할머니는 1943년 괴산에서 태어나 열일곱 살에 결혼하여 2남 2녀를 두었다.

어릴 때 엄마가 동생 돌보라고 하도 혼을 내서 친구와 함께 집을 뛰쳐나왔다. 서울 남의 집에서 일하다가 집으로 돌아왔더니 시집을 가라고 해서 결혼을 했다. 그는 아이를 낳고 키울 때가 제일 좋았다고 한다. 시아버지와 신랑한테 사랑을 많이 받고 살았다고 한다. 아들이 먼저 세상을 떠나, 마음속 한으로 남아 있다. 지금도 명절이나 생일이면 눈물이 난다고 한다.

바라는 것은 공부를 더 열심히 해서 남의 앞에서 말도 잘하고 글도 잘 쓰는 거라고 한다.

한참 까불던 때

나 길자

하나뿐인 남동생 미대렸다고 엄마한테
엄청 혼나고 밥도 쳐먹지 말고 나가라하길래
집을 나와 버렸다.

내 나이 15살 1학년 댕기다 말고
친구하고 서울로 내뺐지

서울에서 세탁공장 다니며
돈벌어 놀러 댕겼지

친구들하고 사진도 찍고 극장구경도 하고
전철타고 사방 놀러 댕겼지

한참 까불고 다녔지
그때 생각하면 재밌었고 좋았지
그래도 시방 생각하면 공부 안하기 후회여

내 팔순잔치

나길자

3월 5일날 내생일
팔순이여. 해외여행간다고 했는데
코로나라 어딜가 암데도 못가

우리 사우가 5만원짜리 돼지 저금통에 모아
삼백만원이라고 주네
케익도 사오고 술도 한잔하고
기분이 좋았어

괜히 눈물이나
마음이 울적했어
먼저 간 아들 생각이 나
애들도 울적했나봐

그래도 기분이 좋다
니들이 그렇게 해주니 고맙다 고마워
내가 그랬어

부잣집 부럽지 않아

나길자

저우내 올빼미마냥 파먹기만 하다가
일철 나니 밥 먹고 살려면 일해야지

가을에 심어 놓은 보리
싹 나면 발로 꾹꾹 밟아줘

삼월에 보리 패고 오월에 타작하지

자리개질해서 보리짚을
도리깨로 털어서

시원한 저녁에 광 숯불 켜놓고
치로 까불어

토광에 그득하면 부잣집 부럽지 않지

얘들아 잔소리 마라,
내 인생 내가 산다

윤명희

윤명희 할머니는 1941년 괴산에서 태어나 지금까지 살고 있다. 열아홉 살에 결혼하여 2남 1녀를 두었다. 결혼을 하고 첫아이가 태어나기 2개월 전에 남편이 군대에서 사망하였지만 7년 동안 시부모를 모시고 살았다고 한다. 그러다가 친구의 소개로 재혼하였고 남매를 낳았다.

싹싹하고 바지런한 성격이라 늘 움직이기를 좋아한다. 자식들이 아무리 말려도 해마다 된장이며 고추장을 만들고 있다.

자녀들은 모두 잘 자라주었는데 특히 큰아들이 좋은 곳에 취직하여 시계와 속옷을 선물 받았을 때를 생각하면 지금도 기분이 좋아진다.

공부하는 것이 좋아서 학교를 계속 다닐 생각이다.

윤명희

잘 먹고
잘 걷고
잘 자고
하루하루 재미로 살고있어

치미로 게이트장 가고
새벽으로 운동 가고
마당에 풀 뽑고
맨날 그려

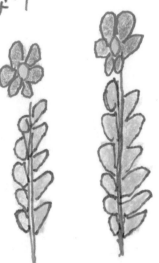

한나절은 학교 가고

한나절은 집에서 잔 일하고
나 혼자 그러고 지내고있어

삼사년 있다 잎피고 꽃피고

음력 삼월달 내 생월달에 가고 싶어

아들 딸

윤명희

옛날에는
아들나면 대환영

딸 나면 에이

요즘에는
아들나면 에이
딸나면 대환영

내인생 내가 산다

윤영희

얘돌아 걱정마라
잔소리 하지마라
내걱정 하지마라

엄마는 하고싶다
이제는 하고싶다
내인생 내가산다

사는 데까지 살다 갈란다

들에서 일하다가
들국화를 보면 행복해진다

이옥자

이옥자 할머니는 청주에서 나고 자랐는데 청주에 일을 보러 다니는 사람의 중매로 결혼했다. 신랑은 번듯하게 잘생긴 데다가 땅도 많았지만 성질이 불같고 못된 사람이었다고 한다. 그래서 몇 번이나 갈라서려고 집을 나왔지만 그때마다 시아버지가 데리러 와서 살게 되었다고 한다. 시아버지가 아들은 없이 살아도 며느리 없으면 못 산다고 했다고 한다.

슬하에 2남 3녀를 두고 있는 이옥자 할머니는 아이들이 모두 공부를 잘해서 좋았다고 한다.

지금은 고관절이 좋지 않아 걱정이다. 자식들이 다 잘되었으니 바라는 것은 앞으로 건강하게 사는 것뿐이라고 한다.

나는 행복하다

이우자

나는 꽃을 좋아한다
가을에 피는 국화꽃이 너무 좋다
국화꽃은 풍성하고 아름다워 좋다

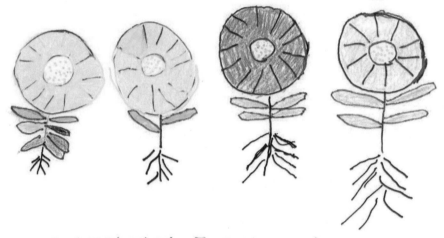

들에서 일하다가 들국화 보면
나 보는 것 같아서 행복해진다

더 나를 사랑하고
나머지 시간도 잘 지내야지

문옥례

문옥례 할머니는 1947년에 괴산에서 태어나 괴산 사람과 결혼해서 지금도 괴산에 살고 있다. 1남 1녀를 두었다. 키도 크고 이목구비도 뚜렷해서 어릴 때부터 예쁘다는 소리를 듣고 자랐지만 연애 한 번 못 해보고 결혼했다고 한다. 남편은 용달 일을 하면서 전국 팔도를 돌아다녀 속을 많이 썩였는데 이제는 남편도 잘하고 자녀들도 잘되고 해서 아주 좋다고 한다.

그는 초등학교 검정고시에 합격했을 때가 가장 기뻤다고 한다. 그동안 남들한테 기죽는 게 싫어서 초등학교를 안 나왔다는 말을 안 했는데, 합격하고 나니 세상을 다 가진 것 같다고 했다. 이제는 건강만 허락해 준다면 영어 공부를 하러 다니고 싶다고 한다.

후반전

문옥례

인생 후반전이다.
세월이 무척 빠른것같다.
남어지 인생을 잘 살아 가야지

나를 더 사랑하고
이웃을 사랑하고 보듬어주
면서 나머지 시간도
짧기에 아끼라고

생각 하고는 한다.

나는 86세의 할머니,
씩씩한 현역 농사꾼이다

정을윤

정을윤 할머니는 1935년 충주에서 태어나 스무 살에 결혼하여 6남매
를 두었다. 시집온 지 5년 만에 첫아이를 낳았는데, 그전에는 시동생
을 돌봤다고 한다. 시댁 사람들이 일을 할 줄 몰라 혼자 일을 할 수밖
에 없었는데 어릴 적부터 배워온 일이어서 잘 해냈다고 한다.
아직 건강이 좋은 편이라 자식들의 만류에도 농사일을 하고 있다. 하
루도 거르지 않고 운동을 하며 스스로 몸을 지키고 있다.

나는 아직도 현역이다

정을윤

올해 내 나이 팔십육

얼굴엔 주름이 가득
허나 몸과 마음은 아직도 청춘이다

금강산 구경 갔을 때도
일자에 가까운 경사진 곳도
주눅들지 않고 젊은 이들과 함께
올랐다

어렸을 적부터 해오던 농사
시집 와서도 내 차지
가끔씩 남의 농사도 도와주고
내 주머니 쏠쏠한 재미

난 아직도 총들고 싸우는 군인처럼
낫 들고 콩.들깨.참깨 등등
모조리 싹둑싹둑 베는
현역 농사꾼이다.

221

백 세까지 살지 못하면
내가 억울하지

고순자

고순자 할머니는 진암마을에 살고 있다. 웬만한 일에
는 스트레스를 받지 않는다. 무슨 일이든 긍정적이며
문제를 해결하는 능력도 뛰어나다. 마을에 갈등이나 문제가 생기면
빠르게 달려가 해결하곤 한다.
즐겁게 사는 것이 자신의 인생 목표인데, 무조건 100세까지는 살기
로 마음먹었다. 스스로 행복하다고 다독이며 격려하는 것이 몸에 배
어 있다. 여행하는 것을 좋아해서 전국의 맛집을 거의 다 가봤다고 한
다. 뒤늦게 공부의 즐거움을 알게 되어 그림을 그리고 자신의 이야기
를 쓰는 것을 즐기고 있다.

백살 잔치 가자

고 순 자

잔치 잔치
나는 백살 잔치 간다
몸에 좋다는건 다 먹고
몸이 좋아 하는 맛사지 20년7재 받고
몸뗑이를 위해서라면
시간과 돈을 아낌없이
바치련다.
백수 잔치를 위하여.
남들 다 사는 백수를
내가 못하면 억울하지.

남 단체 그림

어 머 니

집 달 래 반

어머니가 항상 보고 싶은 태선

삽짝자에도 못 나가게했던 금례

엄마 얼굴도 모르지만 보고 싶은 화숙

자 나 깨 나 엄마 품에서 살았던 애가

하도 무서워서 생각만 해도 겁나는 정순

진짜로 보고 싶고 만나 보고 싶은 명희

100살이 되셨어도 엄청 이쁘셨면 룬숙

동대문시장에 가시면 꼭 곶감 옷 사 다주신 정례

어 릴 때 엄마를 잃어버린 순덕

엄마 산소에 있는 열매를 먹으면

젖맛이 났다는 정희